돌담 너머의 아버지를 만나다

# 돌담 너머의 아버지를 만나다

| | |
|---|---|
| 발행일 | 2017년 9월 22일 |

| | | | |
|---|---|---|---|
| 지은이 | 최 계 순 | | |
| 펴낸이 | 손 형 국 | | |
| 펴낸곳 | (주)북랩 | | |
| 편집인 | 선일영 | 편집 | 이종무, 권혁신, 송재병, 최예은 |
| 디자인 | 이현수, 이정아, 김민하, 한수희 | 제작 | 박기성, 황동현, 구성우 |
| 마케팅 | 김회란, 박진관 | | |
| 출판등록 | 2004. 12. 1(제2012-000051호) | | |
| 주소 | 서울시 금천구 가산디지털 1로 168, 우림라이온스밸리 B동 B113, 114호 | | |
| 홈페이지 | www.book.co.kr | | |
| 전화번호 | (02)2026-5777 | 팩스 | (02)2026-5747 |

| | |
|---|---|
| ISBN | 979-11-5987-759-9 03810(종이책)    979-11-5987-760-5 05810(전자책) |

이 도서의 국립중앙도서관 출판예정도서목록(CIP)은 서지정보유통지원시스템 홈페이지(http://seoji.nl.go.kr)와 국가자료공동목록시스템(http://www.nl.go.kr/kolisnet)에서 이용하실 수 있습니다. (CIP제어번호 : CIP2017024041)

**(주)북랩** 성공출판의 파트너
북랩 홈페이지와 패밀리 사이트에서 다양한 출판 솔루션을 만나 보세요!
**홈페이지** book.co.kr  •  **블로그** blog.naver.com/essaybook  •  **원고모집** book@book.co.kr

# 돌담 너머의
# 아버지를 만나다

최계순 에세이

"아버지라는 이름의
큰 나무 이야기"

북랩 book Lab

# 들어가며

　누구에게나 가슴속 한켠에 늘 아련한 아버지가 있다. 그런한 아버지와 한 딸의 회상, 아버지와의 이별이야기이며 바람과 나무의 노래이다. 삭막한 이 도시에서 다시 보고 듣고 싶은 정경들과 함께 엮었다.

　아내와 사별하고 홀로 계신 아버지의 재혼을 눈물로 만류하던 어린 딸이 있었다. 어느 날 문득 그랬던 나와 마주했다. 아버지는 홀로 꿋꿋이 우리 곁에 있었을 것이라고 그렇게 믿었다. 그런데 언제 부터인가 그것이 아니었구나, 아버지는 늘 외로웠고 자식으로서 그러면 안 되었구나, 너무 늦게 알게 되면서 이 글을 쓰기 시작했다. 어떤 이는 이것이 사부곡이라고 한다. 그 이야기가 하고 싶었다. 나 혼자가 아니었고 나를 키우며 나보다 어려웠을 아버지의 이야기, 아버지가 하지 못하고, 하지 않고 가신 이야기 말이다.

　나조차 잊었던 아버지와 딸의 살갑고 슬픈 이야기들이, 지나 간 아버지와의 묵상들이 마음 속에만 간직 되어있었다. 철없던 내 얘기에 귀 기울여 내편이 되어줬고, 항상 우산이 되어 준 아 버지. 지금의 행복과 평화가 그 아버지로부터 왔다는 얘기를 소리 내어 하고 싶었다. 이 글을 쓰는 동안에도 지침 없이 나를 지탱해주는 영원한 아버지의 힘을 안고 살아가고 있음을 안다.

　사람이 태어나고 자라면서 누구나 공평하게 넉넉한 형편에 서 어머니, 아버지를 마음 놓고 부르며 손잡고 성장할 수 있으 면 얼마나 좋을까. 그러나 본인의 의지와 상관없이 어려운 형편 일 때도 있고, 또 편부모 아래서 성장하며 외로움을 접하게 되 기도 한다.

　나도 어머니를 일찍이 여의고 홀아버지 밑에서 청소년기를 보냈다. 어머니의 부재에서 오는 외로움들이 자연스런 현상인 것처럼 살았다. 한번 뿐인 인생, 길을 걷다 깊은 웅덩이를 만날 때처럼 힘을 다해 그 질곡을 건너고 또 지나다 보니 평화로운 지금이 왔다.

　큰 도시 서울에 살면서 생각해본다. 아버지와 살던 그때, 큰 도시가 아니어서 주눅이 들었었는데 그 시골이라는 것이 나의 밑거름이 되었구나. 비록 크게 부유하지 않아도 사랑이 있으면 행복해지는 것이구나. 놀랍고, 특별할 것까진 아니지만 다시 이 사실에 느낌표를 찍는다.

아버지에게 못다 한 사랑의 실천을 뒤늦게 실행한다는 마음가짐으로 이 글의 끝을 맺게 된 것 같다.

지금 어딘가에서 부득이하게 아버지와 딸로, 아들로만 살아가고 있는 아직 미성숙한 분들이 웃음을 잃지 않기를 진심으로 빈다.

아버지가 되신 어떤 분이었던가. 이 글을 읽고 이렇게 독백했다.

"먼 훗날 우리 아이들의 눈에도 내가 이렇게 비춰질까, 나를 이렇게 써 줄 수 있을까…"

아버지로서 열정을 다하는 이 세상 모든 아버지들에게 감사드린다.


부모가 돌아가시자 고어가 길에서 슬피 울었다.
고어도곡(皐魚道哭).

나무는 고요히 머물고자 하나 바람이 그치지 않고, 자식은 봉양하고자 하나 부모님은 기다려 주시지 않네.
풍수지탄(風樹之歎).

# 차례

7

## 3장_ 그리움만 남아

# 1장

어머니와 함께했던 날들

# 아버지의 자장가

　어린 시절 나에겐 특별한 우물이 있었다. 항상 깨끗하고 정
갈한 작은아버지 집 마당 한켠에 있는 우물. 더운 여름 그곳에
가면 냉장고를 열고 찬물을 꺼내어 마시듯 우물 속의 줄을 당
겨 시원한 물을 꺼내 마시곤 했다.

　나는 그곳에 가는 것을 좋아했다. 소, 돼지 등 동물들의 퀴
퀴한 냄새가 가득하고 질서 없이 넘치는 곡식들과 함께 비벼대

며 살아야 하는 시골 농촌의 우리 집에 있는 우물보다 그 우물이 좋았다. 항상 마음을 들뜨게 하고, 내가 가보지 않은 멋진 성처럼 듬직하며, 회색빛을 내뿜는 어두운 듯 웅장한, 항상 그 자리에 있는 둥근 우물은 늘 그리움이었다.

어느 여름날 혼자되어 조촐히 우리 집 옆에 살고 계시는 큰엄마가 농사지은 것들을 가지고 작은집에 가는데 같이 가자고 하셨다. 어린 나는 좋아라 하며 집을 벗어나 평소 자상했던 큰엄마와 작은집으로 여행을 떠났다. 큰엄마는 동병상련의 끈끈한 정이랄까, 일찍 작은아버지와 사별하고 가게를 운영하며 가족을 책임지고 있는 아랫동서를 많이 챙기셨다. 더운 여름, 큰엄마는 텃밭에서 키운 푸성귀며 반찬거리들을 넘치게 머리에 이고, 여섯 살 조막만 한 내 손을 놓칠세라 꼭 잡고 그 도시에 갔다. 머리에 나비 핀을 꽂은 아이는 큰엄마 치마폭에 매달려 그저 총총히 나비처럼 날 듯 걷는다. 융단처럼 펼쳐진 넓은 들녘의 곡식들이 우리를 감싸고, 뜨거운 태양 아래 콩이며 수수며 갖가지 곡식들이 서로 어우러져 노래하는 듯한 논, 밭길을 걷고, 또 버스를 타고 그렇게 갔다.

땀을 뻘뻘 흘리며 간 우리를 작은엄마는 너무나 반갑게 반겨주었고 나는 좋아서 싱글벙글하며 큰엄마에게 딱 붙어 마루에 앉아 우리 집에는 없는 아이스케키며 과자들을 먹었다. 그리고 어른들 이야기 속에 함께 묻히기에는 재미가 없기도 해서 마당 한켠에 있는 나의 그리움, 우물가로 갔다.

맑고, 깨끗하고, 시원스레 깊어 보이는 우물 속을 들여다본다. 파랗고 맑은 하늘이 물 위에 떠 있고 솜털 같은 흰 구름이 잠시 보이더니 내 얼굴이 티 없이 하얀 구름과 함께 나타나 그곳에서 웃어주고 있다. 우물, 항상 참 신기한 세상. 그곳에 가면 끝없이 맑고 청아한 세상이 펼쳐지며 내가 날개를 단 천사가 될 것 같은 곳. 나도 같이 그곳에서 반기는 나에게 웃어준다.

작은엄마는 더운 여름 우리에게 시원한 것을 주기 위해 그 냉장고 같은 깊은 우물 속에서 대기 중인 수박을 꺼내려고 우물가로 갔다. 그리고 그 환상 속의 우물 안, 내가 늘 궁금해하는 그곳에서 수박을 건져 올리는, 그 역할을 나에게 허락하셨다. 나는 기뻐서 줄을 당기며 함박꽃처럼 웃었다. 하지만 기쁨도 잠시, 오히려 무거운 수박에 이끌려 나는 깊은 우물 속으로 풍덩 빠져버렸다. 잠시 큰엄마와 작은엄마의 천둥 같은 고함소리가 들리고 깜깜해진 공간이 너무나 무서웠다. 아버지가 보고 싶어 물속에서 목이 터져라 아버지를 부르다 정신을 잃었다.

정신이 들고 눈을 떠보니 아버지의 넓은 등에 엎드려 들길을 가고 있었다. 막 낳은 아기처럼 포대기에 싸여 업혀 있다. 그리고 터벅터벅 걷고 있는 아버지 소리, 자장가가 들린다.

"놀랬지, 무서웠지~"

어머니는 파아란 하늘 조각을 걷어 올리듯 그렇게 당신이 손수 드리운 두레박줄을 다시 아주 더 천천히 걷어 올리신다. 그리고 그 무거운 하늘을 한 방울도 흘리지 않게 아주 가만가만… 우물에서 우물로, 가고 오고하는 어머니의 발걸음은 아주 천천히 가만가만 습관적이시다.

－송하춘, 「낡은 우물이 있는 풍경」

가만가만 습관처럼 우물을 그리워하시는 이 어른처럼 내게도 늘 그리움이었던 우물. 어른이 되면 늘 어려움은 오고 가는 것이기에 반드시 그것들을 지나야 했다. 그때마다 설마 텅 빈 우주 같은 그곳, 우물에서 건져진 그때의 그 절박함보다야 더 하겠는가 하고 스스로를 다독였다.

무섭고 두려웠을 여섯 살, 그때 아버지가 가슴을 쓸어내리며 내게 불러줬을 그 자장가, 우물 속의 천사가 되어 대신 불러본다.

"놀랬지, 무서웠지~"

돌담 너머의 아버지를 만나다

14

# 아버지의 사랑, 나의 어머니

한 남자, 나의 아버지. 한잔 술에 취하는 날, 구비구비 어찌 참고 걸어오셨는지 대문도 채 열리지 않은 골목에서부터 어머니의 이름 '공귀녀'의 '공생원'을 노래하듯 부르며 어머니를 향한다. 그런 날엔 누구나 안고 살아갈 시름이 있었을까, 아니면 더 화려한 기쁨이 있었을까. 더는 표현하지 못하는 어머니에 대한 사랑이 담겨 있었을지도 모른다.

우리 집은 동네 어귀 초입에서 가장 멀리 있는 끝집이다. 뒤 뜰에는 계단식 삼층 언덕이 있고 맨 위층엔 대나무가 숲을 이루어 담을 대신하고 있었다. 그 언덕의 중간층에는 큰 굴이 있다. 내가 어렸을 적 그곳은 고구마와 무, 배추 등의 농작물을 두고 겨울나기를 하는 저장고 역할을 했다. 그리고 그 저장고가 비어있는 계절, 여름에는 어린 우리들의 쉼터였고 공부방이기도 한 넓은 공간이었다. 가끔씩 우리 집에 방문하는 어른들의 얘기를 빌리자면 내가 태어나기 전 전쟁이 발발했을 때 어머니는 적에게 표적이 되어 쫓기며 위험에 처한 동네 청년들과 어른들을 이 굴 속에 숨겼다고 한다. 삼엄한 경비 속에서도 고구마굴에 숨겨주었고 조석까지 책임지며 보살폈다고 한다. 그때 도움을 받은 어른들, 오빠와 아재들이 옛정을 잊지 못하여 우리 집을 들락거리곤 했다. 어려움 속에서 혈육 같은 정이 들었을 터다. 그렇게 나의 어머니는 오로지 아버지만의 여인, 우리의 어머니만이 아니었고, 동네의 여인이었으며 동네의 어머니이기도 했다.

하루가 열리는, 깜깜한 새벽, 아버지는 소리 없이 부엌으로 가 아궁이마다 재를 퍼 재간으로 치우고, 가마솥에 물을 길어다 붓고 장작불을 지핀다. 그 따스해진 물의 온기가 어머니를 깨우면 어머니의 하루도 열린다. 그 온기들에 대한 보답일까. 어머니는 정성들여 아버지가 좋아하는 음식들을 하며 평화롭다.

콩나물 김치죽. 쌀을 조물조물 씻어 나온 뜨물과 으깨진 쌀을 넣고 잘 익은 김치를 쫑쫑 썰어 넣고 검은 가마솥에서 자작한 온기를 다한다. 그 익어가는 죽에 정성들여 물을 주며 기른 노란 콩나물을 뽑아 넣어 한소끔 더 끓이면 된다. 푹 익힌 부드러운 그 죽, 아버지 대접에 담아 올릴 때 어머니는 참 행복한 모습이다.

또 하나 있다. 한겨울이 막 지나고 새봄이 오기 전 허허로운 논밭, 황량했던 허전함을 달래주려 제일 먼저 세상에 나오는 것이 있다. 독새기풀, 그것을 촘촘하게 넣은 독새기풀 된장국이다. 그 국을 드시고 나면 아버지의 쟁기와 송아지는 농번기를 준비하며 바빠지기 시작한다. 아버지가 좋아하는 그것들을 정성스럽게 장만할 때, 어머니의 시름은 사라지고 오로지 달처럼 웃으신다.

아버지는 늘 대장부 같은 어머니의 뒤편에 그림자처럼 서 계셨다. 항상 조용한 말투로 한발 물러나 어머니를 본다. 항상 어머니에게 미안한 아버지. 그럴 수밖에 없었는지도 모른다. 아버지에게는 일찍 남편을 잃고 홀로 사는 형수가 있고 그 형의 아들인 조카가 있었다. 또 아래로는 할머니의 말씀대로라면 미래가 창창했던 남동생이 있었지만 그 동생도 떠나고 어린 조카와 홀로된 제수씨만 남아 도회지에서 살고 있었다. 당연히 우리 할머니와 할아버지에게 그들 모두는 아픈 손가락이었다. 어머니가 마음 써야 할 부분이었다. 신의 가호가 충만하다 믿는 시어머니인 요래보살 할머니와 대대로 이어져온 집안의 권력자였을 시아버지인 할아버지의 의중대로 집안을 꾸려야 한다. 어려운 이 집안의 안살림을 혼자 감당해야 하는 어머니의 표정은 늘 스산하고 무거웠다. 부모에게 효를 다하는 효자, 아버지는 말없이 온유하시다. 부모에게 하듯 효자 아들과 함께 가야 하는 어머니에게도 그렇게 하시는 것일까. 소통은 늘 한 방향으로 흐르는 듯하다.

어머니는 열세 명의 다복하다 할 대가족을 챙기고 날마다 끊이지 않는 손님들의 접대에 드넓은 논과 밭의 일들까지, 눈코 뜰 새 없이 바쁜 전쟁 같은 삶을 사시는 것 같았다. 그 속에서 벙어리 3년, 귀머거리 3년, 장님 3년, 하소연해서는 안 되는, 지극히 사회규범상 어긋나서는 안 되는 이 이성적인 집단의 생활. 인고의 세월을 살다 보니 어머니에게도 일탈이 필요했을까,

아니면 감춰진 예술적 감각이 있었을까. 한 해 한두 번은 한풀이처럼 공연을 했다. 동네 어디에선가, 우리들 보기에는 탐탁지 않은 그 놀이.

누구의 집인지, 대갓집 잔치가 열리고 마당에서는 흥에 겨운 많은 사람들의 음주가무가 펼쳐진다. 어머니의 병신춤, 곱사춤이 틀림없이 그곳에 있다. 입술 밑 잇몸사이에 짚을 구겨서 흉하게 넣고 등에는 베개를, 바가지를 넣어 곱사등이로 분장하고, 일그러진 표정을 지으며 절뚝발이 곱사춤을 춘다. 그러다 어머니는 그 큰 키에 곱사등을 벌떡 세워 장구를 둘러메고 '덩, 덩, 쿵, 따, 쿵' 채편과 북편을 신명나게 처 대며 굿거리장단으로 절정에 이른다. 맑은 어머니의 얼굴이 발그레 꽃처럼 피어오른다.

같은 무리 속엔 곱게 차려입은 여염집 여인네들이 있다. 그네들이 그 우아한 한복 자태와 어우러진 제비처럼 날렵하고 봉황처럼 우아한 춤사위를 뽐낼 때 유독 내 어머니만 독특하게 흉하다. 그 흉한 모습이 우리 어머니가 아니기를 바라며 우리 남매들은 그 길을 피해 돌고 돌아서 어머니가 없을 집으로 갔다.

어머니는 슬픈 표정으로 가면을 쓰듯 온몸을 그렇게 꾸미고, 감추고, 무엇을 말하고 싶으셨던 것일까. 자신 안의 숨길 수 없는 신명을, 또 재능을, 고추보다 맵다는 지엄한 시댁살이 '석삼년'의 인내를, 여덟이나 되는 자식들에게서 오는 실망과 희망

그리고 기쁨을 몸짓으로 표출하려 하신 것일까. 그도 아니면 일상사처럼 형편이 어려운 서로 좋은 이웃의 형과 아우들이 함께 웃고 즐거워하는 그 모습에 행복했던 것일까.

아버지는 아는지 모르는지 요동 없이 어느 논에선가 어느 밭에선가 쟁기를, 소를 몰고 하늘이 내린 흙과 놀이를 하듯 들판의 한 그림처럼 있다. 누구도 어머니의 그 유쾌하지 않은 춤사위를 말릴 수가 없어 아버지는 소를 몰고 그 독새기풀 그득한 밭뙈기를 엎고 또 엎는다.

해가 기울어 온갖 잡다함을 감추는 까만 밤, 쟁기를 놓고, 소를 매어 놓고, 안방 문을 열어 어머니를 본다. 어머니는 다시 화사한 아버지의 여인이 되어 흑단 같은 머리를 곱게 빗어 올리고, 탁주 한 사발을 한 남자, 아버지에게 권하며 웃는다. 그리고 모두가 다 일상사인 것처럼, 잊히듯 드르륵 미닫이문이 닫힌다.

# 못다 한 어머니의 기도

뒷마당 장독대에서 어머니는 큰 독을 닦고 계신다. 바짝 마른 짚을 태워 구름 같은 연기가 앞을 가리더니 뜨겁고 투명한 붉은 불이 피어오른다. 그 불로 독 안과 뚜껑을 태우듯 그슬린다. 그리고 팔팔 끓인 뜨거운 물로 씻어 엎어 놓는다. 할아버지 제사상에 올릴 술을 담가야 할 그릇이란다. 어머니는 앞에 있는 나조차도 안 보이는 듯, 의식을 치르듯 집중하신다.

또 바닥에 깨끗한 종이를 깔더니 쌀가마를 눕혀 쌀을 넓게 퍼놓고 나와 마주 앉아 뉘와 싸라기, 지푸라기 따위를 골라내 온전하고 튼실한 쌀만 남긴다. 옆집 방아코는 어떻고, 이순이 는 어떻고, 어머니, 어머니, 부르는 것처럼 도란도란 이야기도 무르익는다. 아쉬운 이야기들이 끝나고 뽀얗게 윤기가 나는 많은 쌀들을 어머니의 야무진 손으로 보드랍고 섬세하게 비벼가면서 흐르는 물에 씻고 또 씻는다. 쌀의 기름기를 씻어내고 오롯한 쌀을 취하기 위함이라고 했다. 깨끗한 물에 담가 한나절쯤 불린 하얀 쌀을 소쿠리에 받쳐서 물기를 뺀다. 솥의 물을 팔팔 끓이고 그 위에 시루를 올리고 시루번을 붙인다. 그사이 보송보송해진 쌀을 하얀 면 보자기를 깐 시루 위에 올리고, 질지 않게 고두밥을 찐다. 뚜껑을 닫고 한참을 아궁이 앞에서 토닥토닥 불을 지펴 찐 다음 다시 뚜껑을 열어 찬물을 뿌려 식히고 다시 찐다. 그리고 뜸을 들여 잘 쪄진 고두밥을 대발 위에 넓게 펴고 식힌다. 식힌 이밥을 누룩과 섞어 서로 스미도록 충분히 치대어 소독된 독에 차곡차곡 누르듯 담고 물을 알맞게 맞춰 부었다. 흰 광목으로 단지 위를 씌우고 뚜껑을 덮었다. 그리고 드디어 소중한 장소, 해가 들지 않는 서늘한 광으로 들어갔다.

어느 땐가부터 술 익는 소리, 소낙비 같은 소리가 나기 시작하면 그때 술이 다 된 것이니 체에 걸러야 한다고 하신다. 나는 쪼그리고 앉아 턱 밑에 손을 괴고 어머니가 하는 일들을 보며 어머니와 함께 하는 그 시간이 끝나지 않기를 빌지만 평화로운 시간은 가고 만다. 이제 할아버지의 기일이 가까운 날 보글보글 술 익는 소리가, 술 향기가, 광 안을 휘젓다가 마당까지 퍼질 때까지 기다리면 된단다.

어머니는 "제사에 쓰이는 술은 반드시 쌀로 제조한 맑은술이어야 한다."라고 말씀하시며 두 손을 탁탁 털고 웃는다. 조상과 자손은 기운으로 연결되어 있으므로 제사를 올리는 것, 이 교류를 통해 조상과 자손 모두에게 도움이 될 수 있을 것이라며 흐뭇해하신다. 어머니는 이 모든 과정을 기도처럼 숭고하게 마치고 밭에 나가셨다.

갑자기 마을 논에서, 밭에서, 산에서, 사람들이 분주히 움직이기 시작한다. 밭에서 일하던 우리 어머니도 사색이 되어 뛰어 들어오신다. 무엇을 먼저 해야 할지 모르는 듯 허둥지둥 굳어진 얼굴이다. 대청마루에서 잔잔히 놀고 있던 어린 우리들은 무엇을 해야 할지, 어머니의 눈치만 살핀다. 고요하던 집안이 차게 얼어갔다. 어머니는 이리 뛰고, 저리 뛰고, 아버지마저 들어오셔서 흙투성이인 발로 집안을 뛰어다니신다. 아버지의 손에 광에서 숨 쉬고 있던 술독이 허청 짚 벼늘 속으로 감춰졌다.

어머니, 아버지의 얼굴은 얼음처럼 굳어져, 겁나고, 떨리고 어찌할 바를 몰라 하신다. 잠시 후 뛰어 들어온 장쇠 오빠가 합세하여 그 큰 술독은 다시 뒷간 화장실 안에 있는 큰 잿간에 깊이 묻었다. 까만 재를 헤집고 넣어 감쪽같이 묻어 숨겼다. 어른들의 얼굴은 붉게 달아오르고 손은 부들부들 떠는 듯, 우리는 무섭기만 하다. 햇살은 우리를 따스히 얼싸안으며 아무 일도 없었다는 듯 마당 가득했지만 집안의 기운은 전쟁터 같고 따스함이란 찾을 수가 없었다.

읍내 관공서의 밀주 단속반원들은 농촌 마을을 수시로 돌며 밀주 단속을 했다. 어머니는 할아버지의 기일에 맞춰 술을 담갔다. 술독을 감춰야 하고, 술병도 감추고, 고두밥도 감추고, 누룩도 감춰야 이 난국에서 벗어날 수가 있는 것 같다. 눈이 부리부리하고 건장한 아저씨들이 사립문을 밀고 우리 집으로 들어와 집안 곳곳을 뒤지기 시작했다.

뒷짐을 진 아버지와 하얗게 질려 있는 어머니는 애써 태연한 표정을 짓고 있다. 허청의 짚단을 뒤지고 광을 뒤지고 고개를 갸우뚱하며 기어이 잡고야 말겠다는 표정들이었다. 마침내 뒷간으로 들어갔다. 산처럼 쌓여있는 잿더미를 향하여 발걸음을 옮기더니 긴장되어 숨죽이고 있는 까만 재들을 헤집는다. 그리고 반짝이는 커다란 독, 잿빛 술독이 보인다.

그 순간 뒤에서 뒷짐 진 채 가늘게 떨고만 서 있던 아버지가 갑자기 몽둥이 하나를 쥐었다. 재빨리 그들을 밀치고 끼어들었다. 그리고 그 무엇보다 더 향기롭고 아름다운 어머니의 소나기 소리를 품고 있던 웅장한 술독을 내려쳐 깨버렸다. 이렇게 깨진 어머니의 정성들이 폭포처럼 흘러 까만 잿더미 속에서 아우성처럼 뒤범벅이 되어 사라졌다.

자식처럼 소중한, 만질 수도 없어진 술독을 보는 어머니의 얼굴에는 술 같은 눈물이 소나기처럼 흘러내렸다. 몽둥이를 버린 아버지의 두 손이 기도하듯 어머니를 안는다.

돌담 너머의 아버지를 만나다

# 자비를 배푸소서

어느 날 어머니는 가슴 한쪽에 풀죽의 덩어리처럼 멍울이 잡힌다며 계면쩍어 하셨다. 그리고 얼마가 지났던가, 학교에서 돌아와 보면 어머니는 가슴을, 배를 문지르며 고통스러운 표정을 짓곤 하셨다. 그러다 병원을 다니고 약을 지어다 드시는 듯한데 소용이 없다며 힘들어하셨다. 그렇게 어머니는 우리에게 익숙한 자비로운 모습이 아닌, 점점 두렵고 어려운 타인이 되어갔다.

　그러나 순간순간 그뿐, 우리는 변함없이 저녁노을을 맞이하고 아침을 열고 다시 검은 장막이 드리워지는 넓은 집을 빠져나가 학교에도 간다. 골목길에서부터 친구들이 있고, 우리를 보며 웃어주는 아재가, 아지매가 있다. 흰떡 같은 얼굴을 하고 온갖 새들과 화들짝 반기는 꽃이 있고 편안히 길을 가라며 흐르는 능제 방죽의 물결들과도 함께한다. 어머니의 고통과 상관없이 간간히 즐거운 시간들도 오고 그리고 간다. 온화하고 장난기 가득했었던 어머니의 말들이 꾹 다문 입술 사이로 차츰 사라져 갔다. 여덟이나 되는 자식들은 소리 없이 스스로 알아서 공부를 해야 했고 또 해나갔다. 우리는 최소한 행복하지도, 불행하지도 않은 것처럼 기다리기라도 하듯 등잔불 아래 책장을 넘기다 잠이 들곤 했다.

　어머니는 고통 속에서도 어김없이 새벽잠이 깨면 텃밭을 한 바퀴 돈 후 야채를 뽑아 손에 들고 부엌으로 간다. 나도 어머니를 따라 부엌으로 나와 검은 가마솥에 불을 지핀다. 추운 날 뜨듯한 아궁이 앞에서 콩깍지와 장작 등을 아궁이에 던져 넣으며 토닥토닥 불 지피는 그 소리가 너무나 좋았다. 어머니와 함께할 수 있는 유일한 이 시간. 이곳에는 어머니의 부드럽고 살가운 손짓들이 있고, 간간히 빛나며 부딪히는 눈동자가 있고, 온몸을 녹이는 듯한 따뜻하고 사랑하는 말들이 있다. 얼마나 더 이불 속처럼 아늑한 이곳에 포근히 앉아 행복할 수 있을까.

어느 날 아버지는 수심이 가득한 표정을 지으며 어머니 병세가 깊어져서 큰 병원에 가야겠다며 외출 준비를 하고 나가셨다. 나란히 걸어 용한 한의원에 갔다. 모처럼 표정들을 감춘 채 연인들처럼 발을 맞춰 정다운 꽃길을, 잔디밭길을 가듯 아리게 아름답기까지 하다. 돌아온 아버지의 손에 들려져 있는 것은 두툼한 마분지 안의 첩약과 고약이다. 급히 한약 한 첩의 노끈을 풀고 약재 한 잎이라도 흐트러질까 정갈하게 약탕기 안에 넣고 물을 붓는다. 그리고 약재를 쌌던 한지를 펴서 약탕기 입구를 튼실하게 빈틈없이 봉하고 화덕에 올려 달이기 시작했다. 그 앞에서 요래보살 우리 할머니께서 합장하고 기도를 하신다. 지어주는 정성과 달이는 정성과 먹는 정성을 다할 것이니 우리 며느리를 낫게 해 달라 빌으니 쾌차하시리라. 우리도 따라 어머니의 얼굴이 화사해지기를, 그 독한 병마가 물러가기를 빌고 또 빌며 학교에 가고 또 어머니 곁으로 와 잠이 들었다. 미닫이 문 아래 안방에서 아버지 한숨소리만 맴맴 돌다 그 소리도 잠시 잦아든다. 희망찬 그 약들로 나을 병이 아니었나 보다. 환부에 고약을 붙이니 사독을 하여 오히려 해가 된 것 같고 병이 더 넓고 깊어졌다고 한다. 그 환부는 우물처럼 깊게 파이며 어머니를 괴롭혔다.

아버지는 서울에 있는 언니 말을 믿고 결단을 내리신 것 같다. 이를 악 물고 고통을 참는 어머니를 문명의 도시, 서울에 데려가 치료해야겠다고 하신다. 바늘로 찌르는 듯하다는 그 고통은 어머니 안의 열정과 아버지에 대한 사랑과 넓은 가슴으로 안아 키운 자식들에 대한 사랑 모두를 앗아 간 것 같았다. 그렇게 놓지 못하고 사랑하셨던 아직 미성숙한 열 살도 안 된 막둥이마저 놓고 이 집을 떠나야 했지만 결국엔 가기로 했다. 서울 생활에 익숙한 언니가 잔 다르크처럼 나타나 어머니를 모시고 여행을 하듯 현란한 도시 서울로 갔다. 서울대학병원이라는 곳, 그 번쩍이는 첨단의 의료기기 앞에서 모든 검사를 마쳤으나 너무나 아쉽게도 치유 불가능의 판정만을 받았다. 비통한 어머니를 모시고 성당의 성모상 앞으로 모시고 갔다. 그 앞에서 어머니는 이렇게 기도하셨을까.

"성모 마리아여, 햇빛 찬란한 이 거룩한 낮에 유독 나만의 어두움이 나의 마음을 엄습하고 있나이다. 온 세상이 무너져 내리고 있나이다. 나를 용서해주시고 나를 구해 주소서."

어머니의 희망을 안고 함께 갔던 언니는 아무 말도 하지 못하고 "하느님, 암흑 같은 어둠 속에 있는 저 여인, 고통 속의 나의 어머니, 그럼에도 불구하고 당신을 찾으려고 애쓰고 있는 우리의 어머니에게 자비를 베풀어 주소서." 이렇게 기도했을까.

어머니의 병에는 아직 문명의 힘이 미치지 않아 어머니는 그저 힘을 다 소진하고 초췌해진 모습으로 무지의 땅, 우리 집 안방으로 다시 왔다. 서울의 그 큰 병원에서는 유방암이라는 병의 이름과, 너무 늦게 먼 길을 왔다는 것만 알리고 퇴원을 시켰다. 봉곳하게 아름답고, 깎아 놓은 밤톨처럼 예쁜, 내 막둥이 동생이 오래도록 놓지 않았던 어머니의 가슴. 그곳엔 수려한 산 중턱 바위 틈새에서 솟는 고요하고 맑은 생명수 같은 젖이 흘렀었다. 그것으로 우리들이 사람이 되었는데 이제는 고통만이 흐르고 있다. 동네 어르신들이 방 안 가득 모이고 가족이 다 모여도 소용이 없다. 어머니를 살리고 싶은데 우리는 어디서 무엇을 해야 할까.

등불 아래 수학책이, 영어책이, 국어책이 있으나 무엇 하랴. 어머니의 죽음이 처음으로 내 앞에 와서 정면을 보고 있는데. 그때는 어머니의 죽음, 이별이 무엇인지 죽음이란 진실로 영원히 볼 수 없는 것인지 모르고 그저 방문을 한 번 닫고 여는 것인 줄 알았다. 방 안 가득한 흑빛 어른들의 얼굴을 보고 있노

라니 까맣게 평생 어머니를 볼 수 없다는 것만은 알 것 같았
다.

돌담 너머의 아버지를 만나다

# 심포 바닷가

　나의 어머니, 결혼하여 한 집안의 며느리로, 한 사람의 아내로, 8남매나 되는 아이들의 어머니로, 또 한 마을의 일원으로 사회적 온정을 베풀며 최선을 다하며 사셨다. 병마의 고통이란 건강했던 어머니와는 상관없는 것인 줄 알았지만 어느 날부터인가 유방암에 걸렸고 절망했다. 걷잡을 수 없는 고통이 밀려왔다. 그리고 그 많은 역할들을 내려놓고 실낱 같은 희망을 찾아서, 그 역할들을 도로 찾기 위해 서울로 갔었다. 우리나라에서 가장 큰 도시에 가서 병을 치유하고자 했으나 허사였다. 시한부 인생이 된 채 우리들의 집, 고향으로 내려와 고통의 시간만을 소진하고 있었다.

끝까지 어머니 옆을 지키며 동행한 셋째 딸, 나의 언니를 옆에 앉힌 버스 안, 서울의 한강 다리를 건너며 어머니는 "나는 고통이 두렵고, 너는 낫지도 못할 에미를 데리고 서울에서 무심한 세월을 보낸 꾸지람이 두렵겠고, 우리 여기서 그냥 빠져 죽자."라고 하셨다. 얼마나 큰 고통이면 이렇게 말하게 될까. 그나마 안정을 찾으려 노력하는 침착한 딸이 옆에 있었기에, "어머니, 그래도 고향에는 가서, 그때 다시 생각해요." 그 사랑의 말에 다시 집 안방에 누운, 그나마 다행인 나의 어머니였다.

누구도 어떻게 할 수 없는 고통만 있는 공간에 모두가 정지된 삶을 살고 있었다. 내가 초등학교를 다닐 때부터 어머니는 앓고 계셨다. 밥을 먹지 못할 정도가 아니면 대부분의 어른들은 하던 일을 멈추지 않고 자식을 돌보며 가정사를 변함없이 꾸려야 하는가 보다. 어머니도 그랬다. 그래서 아프지 않은 어머니로 보였다. 아픈 것은 학교에서 돌아와 인사하고 밥상에서 밥을 먹고 지척에 누워 같이 잠을 잘 때였다. 그 외에 나는, 우리는 무심히 지나쳤고 모르는 일이었다.

집안엔 먹구름만 가득했다. 학교가 파하고 숨차듯 달려온 아들도, 딸도 이제는 소용이 없다. 어머니는 이제 방에서 한 발짝도 내디딜 수도, 일어날 수도 없었다. 어머니가 우리의 기척을 알까 봐 더 조심조심 책가방을 놓고 모든 감정들조차 감추어줄까만 밤을 기다렸다. 어머니가 이렇게 혼절하며 아픈데 우리가 할 수 있는 것은 아무것도 없다. 내일 학교에 낼 숙제를 하고 예습과 복습을 하다 잠이 든다. 그 사이 어머니의 고통스러운 소리는 더욱 참을 수 없는 듯 커졌고 방문을 넘어 우리의 방으로 그리고 온 동네로 퍼져 나갔다.

어머니는 "나를 죽어주시오. 내게 몰핀을 좀 주시오. 이 고통을 놓고 빨리 갔으면 좋겠소." 하고 아버지를 붙들고 애원했다. 우리도 함께 일어나지만 깜깜한 베갯머리에 앉아 아무것도 할 수가 없었다. 어머니의 고통을 덜어주기 위해 줄 수도, 안 줄 수도 없는 그 위험한 약 몰핀, 아버지의 침묵만 가슴을 에인다.

어머니가 앓고부터 우리에게는 서로 책임감에서 오는 친절이라고 할지, 수줍은 서먹함이 찾아왔고 어머니와의 관계는 소원해졌다. 고통을 보는 안타까운 시선뿐 애틋함은 어디 있을까. 불가능이라는 비정한 통보를 받고 우리가 매일 밤 똑같은 자세로 자다 깨어 이를 악물고 어머니와 함께 버틴 날들이 얼마였던가. 그 아름답던 봉긋한 가슴에서 끝날 것 같지 않은 고통과 함께 그동안의 번민들인 듯 진물이 되어 흘러내리는데 어떻게 보고만 있으란 말인가.

동네 어른들이 말했던 신비한 약초. 어머니를 구할지도 모른다는 그 명약으로 생각이 모아졌다. 첨단의 의료기술이 포기한 어머니를 깊은 산의 한 약초가 해결할 수도 있다는 그것은 경이로웠고 내가 할 수 있을 것 같았다. 추운 겨울 높은 산기슭에만 그 약초가 살고 있다고 한다. 진봉산으로 가기로 했다. 보자기 하나를 챙겨 책가방에 넣고 호미 한 자루를 들고 새벽을 가르며 집을 나섰다. 그곳 진봉산 아래에는 내 친구 정순이가 있다. 높은 산 위에 혼자 오르기보다는 그 친구가 함께해줄 것이라는 믿음이 발걸음을 가볍게 했다. 집을 나서니 그때부터 나는 친구를 그리며 그 친구를 만나러 가는 형상으로 변한 것 같다. 어머니의 고통도, 이별도, 집안에 가득했던 암울한 기운도 모두 걷혀 가벼운 발걸음이 된 것인가. 정순이는 그 산 중턱에 살고 있으니 그 영험한 풀을 찾게 될 것이다.

진봉산 고개 넘어 깎은 듯이 세워진 기암괴석의 벼랑 위에 서 있는 망해사는 우리 할머니가 늘 기도했던 곳이다. 그곳의 신께서 우리를 인도하리라 믿으며 망망대해를 내려다보며 가기로 했다. 만경평야가 한눈에 굽어보이는 곳, 흰 눈이 펄펄 내리는 날, 나는 큰 바다를 보며 가리라. 높은 산 바위틈에만 핀다는 그 버섯을 찾아서 한겨울 얼음 속으로, 깊은 산속으로. 그것은 일종의 도피였을 수도 있지만 어머니의 쾌유에 앞선 어머니로부터 사랑받고 싶은 나의 마음이었고 여전히 나도 어머니를 깊이 사랑하노라 하는 의사표시였다.

우리가 걸음마를 시작하고부터 더운 여름이면 어머니 손을 잡고 물을 맞으며 즐거웠던 이 심포 바닷가, 그러나 지금 갈 길을 편히 내어 주지 않는 질퍽한 갯벌을 걷고 있다, 어머니를 껴안듯 갯벌에 엎드려 눈물이 쏟아진다. 어머니에게 나의 슬픔을 묻는다.

일어나 가야지. 슬픔을 털 듯 모래를 털고 위중함을 누르듯 산을 오른다. 산 아래 북쪽으로는 만경강 하구, 동쪽으로는 서해 갯벌, 남쪽에는 동진강 하구가 있다. 부드럽고 찰진 갯벌, 김제평야의 끝, 심포 그리고 거전앞바다. 끝이 보이지 않는 이곳에는 늘 학교에서 만나는 친구들이 있다. 그중에 정순이, 똑같이 단발머리를 하고, 풀을 진하게 먹어 가마솥 뚜껑에 펴 말린 눈같이 흰 칼라에 까만 교복의 소녀, 우리 둘이서 그 용한 풀을 찾아 헤맸다. 진봉산 깊은 곳, 붉은 석양, 일몰을 등지고 손들이 얼어 얼음이 되었으나 약초가 보이지 않았다. 발 디딜 틈없이 깎아지른 절벽, 무성했던 나뭇잎은 다 제 갈 길을 떠나 황량하고, 깃발처럼 하얀 눈을 받히고 있는 앙상한 나뭇가지들만 의연히 있다. 어머니의 손사위처럼 흔들어주는 소복한 눈 속의 마른 낙엽들이 군중처럼 얼굴만 내밀고 힘내라 응원한다.

심포의 바다와 평야들을 밟고 왔을 거센 바람을 헤치며, 그 것이 정말 아지매들이 말했던 그 약초인 것처럼 우리는 이름 모를 약초들을 캐기 시작했다.


찬란한 낮이든 별이 총총한 밤이든 몰핀을 달라고 외치는 것 밖에는 소원이 없는 어머니 그리고 그것을 보며 안타까운 우리에게 어머니가 가시는 것이 더 나은 것이었을까. 화려한 파티장의 발치에서 눈물처럼 혼자 녹아내렸던 얼음 조각상 같은 한 여자, 젊은 어느 날 힘들게 나를 낳았을 어머니는 그 한 번의 산행을 끝으로 가셨다. 어떤 고난에도 굴하지 않고 꿋꿋했었던 한 여자가 우리의 어머니이기를 포기한 채 저 지평선 끝 한 척의 배처럼 사라졌다. 모두가 소용없는 일이 되었다.

그 오붓했던 아궁이 앞에도 어머니는 없다. 이제는 '어머니'도 '딸'도 모든 것이 정말로 끝난 것 같다.

"엄마 아프지 마", "엄마 밥은 먹었어?", "오늘은 좀 어때?" 그 말들을 못했다. 나의 어머니인데 어렵고 무서워서, 헛된 말인 줄 알고 못했다. 그 소리만이라도 아픈 어머니에게 행복이 되는 줄 몰랐다. 없어질 리 없는 저 고통의 소리가 끝나기를 바랐던 우리의 잔인함 속에 영원한 이별이 있을 줄 몰랐다. 어머니에게는 아플 권리가 없는 것처럼.

온종일 불러 봐도 대답 하나 없는 지금이 아닌, 나의 온 세상에 어머니가 있었던 그 시기로 다시 돌아갈 수는 없는 것인가. 그 사실이 내게 와서 머문다.

내가 어머니께 했던 단 한 가지, 약초를 캐고자 했던 것, 그것조차도 내게 돌아와 한 그루 소담한 나무로 피어난다.

돌담 너머의 아버지를 만나다

# 2장

바람과 나무의 노래

# 순명(順命)

　　며칠째 밤낮없이 함박눈이 쏟아지고 있었다. 온 마을을 덮을 듯 내리는 눈에 갇혔을까, 두려움에 갇혔을까. 긴 겨울방학, 평소처럼 나와 언니와 그리고 아버지, 아랫방에서 암 투병 중인 어머니가 미닫이문을 사이에 두고 이른 잠을 잤다. 점점 커져오는, 귀를 막고 싶은 내 어머니의 고통스런 신음소리. 어느 때부터인가 우리는 그 신음소리를 자장가 삼아서 자다 깨다 질

긴 잠에 빠지곤 했다. 그러던 어느 날 새벽 아버지가 우리를 황급히 깨우셨다. 아버지는 늘 깨어 계셨던 것 같다.

"어서들 일어나거라. 엄마가 가려나 보다. 마지막 인사들 나누거라."

모두는 온몸이 서늘해져 잠에서 깨어 어머니의 주변으로 가 앉는다. 어머니는 잠시 잔잔해지더니 힘주어 언니를 불렀다. 부르더니 고추장은 어디에 있고, 된장은 어디에 있고, 김치는 어디에 있다며 담소를 나누듯 마지막 말을 하고 한참을 허공인 듯 우리를 보더니 스르르 눈을 감았다. 어머니는 왜 고추장, 된장만 떠올랐을까. 우리의 마음 안에서 낯설음이 되어 가셨다.

365일 하루도 빠짐없이 고통 속에서 신음하던 어머니는 영원히 우리와 다른 세상으로, 단지 눈을 한 번 깜박일 뿐으로 떠나셨다. 14년째 보아왔던 어머니, 눈을 떴을 때와 감았을 때의 차이가 느껴지지 않았다. 고통을 잠시 잊고 한잠을 자던 모습과 무엇이 다른 것일까.

"이제 엄마가 가셨다."고 하시는 아버지의 담담한 선언이 있을 뿐 아무 절규가 없다.

조촐히 마지막 가는 길을 함께하며 어머니의 평화로운, 아프지 않은 새로운 세상의 시작을 봤다. 준비된 하얗고 부드러운 천을 덮으며 있었을 숨겨진 아버지의 절규를 그때의 나는 깨닫지 못했다. 아버지께서 마지막임을 결단하셨는지 당숙모 집에 다녀오라 하신다. 언니와 나는 밤새 쌓인 눈으로 무릎까지 올라온 흰 눈을 헤치고 이것이 정말 슬픈 것인지, 정리되지 않는 마음으로 발을 옮겼다. 한마디 말도 없이 마음을 다잡으며 걷고 있는 언니를 따라서 늘 어머니의 여운 같은 당숙모에게 갔다.

자식에게라면 그 어떤 것도 아끼지 않았던 어머니, 그러나 우리 모두는 아픈 엄마를 아무도 흡족하게 챙기지 못했다. 무서운 지옥 같았을 암 투병 세월에서, 모질게도 어머니는 언니를 찾았고, 앞세웠고 의지했다. 아마도 언니는 어머니 가시는 순간까지 아픈 본인보다 더 힘든 세월을 보냈을 것이다. 앞서 가는 언니는 얼어버린 이 대지보다 더 추웠을 그 세월이 눈앞에 아른거려 허망한 말들을 다 못하고 걷고만 있는 것 같았다. 이 대지 위에 언니만 있는 듯 흐르는 눈물을 상관하지 못하고 걷고 있다.

당숙모는 우환이 깃들었던 암울한 우리의 일상 속에서 어머니가 책임을 다하지 못하는 동안 그 역할을 묵묵히 해주셨던 분이다. 이미 예견된 사실인 듯 놀라는 기색 없이 당숙모는 우리를 보며 "가자." 이 한마디를 하시고 힘주어 버선을 당겨 신었다. 뭇 여인들의 여정 같은 어머니의 질곡을 회상하며 대신 억울해하는 것일까. 이후 생을 다할 때까지 이 아이들의 어머니 역할을 수행할 것이며 더 살뜰히 보살펴 주리라 다짐을 하셨을까. 당숙모는 아직 다져지지 않은 눈들을 억세게 차며 넘어질 듯 급한 걸음을 옮겼다.

3일 내내 하늘은 아무 일도 없었던 것처럼 무심히 해가 비치지만 얼어붙은 대지 위의 추운 눈은 그치질 않는다. 시골 초가지붕 아래 마당에는 장례 마지막 행사인 꽃보다 화려한 운구행렬이 준비되어 있고 고인이 안방에서 밖으로 나가는 의식이 기다리고 있었다. 마지막으로 안방 문지방을 넘어야 하는 시간이다. 남편, 아들과 딸, 사위와 며느리 그리고 많은 동네 사람들이 지켜보는 가운데 관은 아직 안방에 있었다. 미혼인 언니와 중학생인 나, 초등학생인 동생이 어머니를 따라 문지방을 넘어야 하는 행사다. 고인이 지나간 그 문지방을 그냥 평범하게 넘어 가지 않고 가슴 섬뜩하게 넘어야 그 뒤 무서움을 타지 않는다고 한다. 그 전례에 따라 친척 어른들이 뒤에서 우리들을 인정사정없이 심하게 밀어붙였다. 그리고 정신이 혼미해지도록 우리는 계획대로 넘어졌다.

사무치게 그리워도 영원히 볼 수 없을, 싸늘히 식어버린 어머니를 보내며 나는 넘어진 채로 의식 없는 말들이 튄다.

"엄마, 내일부터 나랑 막둥이 도시락은 어떻게 해야 해?"

울어야 할 것 같았고 울부짖었다.

이미 투병 몇 년 동안 없었던 어머니의 도시락인데 그 청천 벽력 같은 이별 앞에서 그것밖에는 생각이 안 났을까? 도시락, 따뜻한 밥은 어머니의 상징이던가. 이제는 절대로 없을, 그 따뜻함의 부재를 확정짓는 이 관 앞에서 내 무의식의 세계는 그 절망을 확실히 인식하고자 했던 걸까? 외롭게 밀려올 시련들이 무섭고 두려워서 그 안에 묻어버리듯이 감정 없는 소리들이 울려 퍼진다.

무심한 폭설은 지치지 않고 내렸다. 흰 매화 같은 어머니를 덮으며 나비처럼 그 꽃을 앞세워 대문을 지나고, 골목을 지나 굽이굽이 보이지 않는 새로운 평화의 길로 인도하며 가는 것 같았다. 일건 평화로워 보이는 그 모습 뒤에 홀로 조촐한 아버지가 쓰러질 듯 서 있었다. 어린 자식들을 품고 가야 할 험난하고 외로운 긴 길 앞에 핏기 없이 담백하게 슬픔을 인내하고 서 있었다. 항상 부드럽고도 강한 힘의 원천이어야 하고, 따뜻함도 제공하며, 치열한 인생을 살아내야 할 순명(順命)하실 아버지가 저만치 보인다.

# 아버지의 믿음

　어머니의 장례를 치르고, 어느새 무심히 잊힌 듯, 꿈에서 깨어난 듯, 맑고 높은 하늘에는 해가 찬란히 비치고 있었다. 소복이 내렸던 하얀 눈들도 처마 밑에 흐르는 따스한 물로 변해 있었다. 군 복무 중인 오빠가 먼저 복귀했고, 결혼한 언니, 오빠들이 각자의 가족들과 함께 돌아갔다. 그리고 어머니 같은 언니가 마지막으로 갔다. 성인이든 어린 학생이든 남은 자들은 그

들끼리 살아내야 한다. 아버지와 나, 초등학생인 동생, 그렇게 셋
이 남았다.

"닥치면 다 살게 돼 있다. 하늘이 무너져도 솟아날 구멍은 있
기 마련이다."

살아계셨을 때의 어머니 가르침이다. 정말 그런 것 같다. 중
학생인 나는 상황에 맞게 우선 밥을 하고 집안일을 시작했다.
가보지 않은 혼자만의 길 어귀에서 아버지는 소에 쟁기를 매달
고 소를 부르며 그 길을 가기 위해 오히려 초연하다. 캄캄한 새
벽부터 해진 저녁까지 우리 것과 남의 것 구분 없이 논과 밭들
을 쉴 새 없이 파고, 다듬기 시작했다. 돈을 버는 걸까, 시름을
놓는 걸까. 집에서 안살림까지 할 시간도 없고 어처구니없이
안살림을 하고 있는 어린 딸을 어떻게 할 수 없으니 못 본 척하
는 것도 같다.

나는 학교가 끝나면 동생과 함께 집에 와서 밥하고, 빨래하
고, 청소하고, 토끼, 돼지 밥도 주고 한다. 생각하면 가슴이 멍
멍하다. 막둥이로서 이런 일들을 해본 적이 없는데 갑자기 이
런 무한책임이 나에게 오니 정말 전쟁터 같다. 깊은 잠을 자다
가 번쩍 눈을 떠보면 어느새 늦어버린 아침, 해가 중천에 떠 있

다. 아버지는, 딸이, 아들이 학교에 가든 안 가든 알아서 잘하리라 믿고 깊은 새벽 소를 몰고 나가셨다. 나는 일어나 동생을 깨워 밥을 먹고 허겁지겁 등교하지만 이미 늦었다.

"30분을 걸어서 학교에 가야 하는데 언제 가나?"

후회하지만 그때뿐이다. 조석으로 우리를 챙기는 당숙모의 측은한 눈이 아버지를 조르기 시작했다.

"시숙어른 나이 겨우 쉰인데 이렇게는 안 될 것 같아요. 저것들 저렇게 학교 다니며 살림까지 시킬 거예요? 공부는 고사하고 어디 졸업이나 하겠어요? 새사람을 봅시다."

새엄마를 맞으란 설득에 아버지는 묵묵부답이었다. 차마 그럴 수가 없으신가 보다. 내 생각엔 남은 세 식구 이렇게 사는 것도 뭐 그리 나쁘진 않은데, 당숙모는 왜 그러실까?

손 시리고 발 시린 겨울에는 샘물 길어다 사각사각 얼어붙는 홑이불 빨아서 풀 먹이고 말려 다시 이불을 꿰매는, 이런 것들이 사실 힘들다. 그러나 여름에는 그것들을 빨래비누로 벅벅 문질러 빠는 것도, 앞뜰 개울가에서 훨훨 헹구는 것도, 방망이로 두들기며 동네사람들이랑 같이 놀 듯 빨래를 하는 것도 적적하지 않아 좋았다. 그런데 나를 보는 동네 아주머니들은 서로 얼굴을 보며 혀를 끌끌 차며 불쌍타 한다. 당숙모께서는 우리가 이런 취급을 받는 게 싫으신가 보다.

중학생이 된 내 동생은 나보다 한 시간이나 일찍 학교가 끝나는데도 항상 누나인 내가 끝나기를 여학교 앞에서 기다렸다가 같이 집에 온다. 깎은 밤톨처럼 이쁜 내 동생.

　　그날도 우리는 어느새 슬픔은 모두 다 잊고 촐랑촐랑 토끼처럼 걷고 뛰고 정갈한 교복들을 입은 소년, 소녀들과 어울려서 행복한 듯 집에 온다. 항상 오시던 당숙모께서 오셔서 기다리고 계신다. 서둘러 우리를 윗방으로 조용히 부르시더니 조심스레 얘기를 한다.

　　"너희들 잘 들어라. 아랫방 안방에 너희 새어머니 될 분이 왔다. 너희 아버지랑 앞으로 같이 살 분이다. 금 쌍가락지랑 비싼 한복이랑 쌀 열 가마랑 아버지가 해서 보냈다. 이제부터는 새어머니라고 불러야 혀."

　　당숙모의 설득으로 급기야 아버지가 맞선을 보고 새어머니가 온 것 같다. 아버지와 나란히 앉아 있는 어여쁘고도 생소한 여인이 나는 무서워 눈을 꾹 감는다. 낯설어진 우리 아버지도 입을 꾹 다물고 우리를 차마 못 보신다. 껄끄러운 시간들만 보내고 있으니 당숙모가 "어서 새어머니께 큰절 올리거라." 하고 재촉했다.

어쩔 줄 모르는 아버지를 보니 절을 해야 할 것 같았다. 내가 절을 하니 내 동생도 따라 큰절을 한다. 부들부들 떨리는 무릎을 꿇고 조용히 두 손을 포개어 이마에 얹고 큰절을 했지만, 갑자기 앞이 깜깜해지며 일어날 수가 없다. 순간 아버지에게 서럽고, 우리 어머니가 그립고, 그런 감정들이 휘몰아친다. 어느새 슬픔을 잊고 초롱초롱한 줄 알았던 내가, 내 눈에서, 바다의 물처럼 눈물이 쏟아져 내린다. 옆에 있던 동생도 따라 운다. 그대로 아버지 앞에서 속수무책 엎드려 울다 작은 방으로 도망치듯 왔다. 당숙모는 노발대발 하시는데 아버지는 아무 말이 없으시다. 우리는 당숙모에게 이끌려 당숙모집으로 갔다.

그 이듬해 소녀가 중학교 3학년 봄, 같은 동네 최씨 집안의 어떤 남학생이 소녀를 좋아하노라는 쪽지를 한 장 줬다가 당숙모에게 발각이 되어 혼쭐이 났다. 당숙모는 "어린것에게 어떤 놈이 수작을 하느냐?"며 최진사댁에 쳐들어가 부모가 자식교육을 어떻게 했느냐며 난리를 쳐서 온 동네가 떠들썩했던 적이 있을 만큼 의지가 강한 분이었다.

다음날, 우리는 아무 일이 없었던 것처럼, 매일 했던 것처럼, 바람을 안고, 들녘을 가로 질러, 누렇게 고개 숙여 익어 가는 벼와, 무성한 콩 밭길, 수수밭 길을 지나 집으로 온다. 무서운 새엄마가 있은들 어쩌랴, 우리가 가야할 집인데. 옛날, 언니가 나를 데리고 말없이 걸었던 것처럼 나도 내 동생 손을 꼭 잡고 집으로 가고 있다. 어제일은 잊혀 진 듯 대문에 들어선다. 집안은 인기 척 없이 조용하고 마당에도, 부엌에도, 방에도, 아무도 없다.

"아버지는 어디 가셨지? 새엄마랑 어디 갔나?"

매일 하던 대로 우리는 밥을 해서 두런두런 얘기를 하며 아버지를 기다리다 밥을 먹는다. 드디어 아버지 소리가 들린다.

"야들아~ 아버지다!"

까만 밤중에 쉿소리가 나도록 술에 만취되어 우리 곁에 오셨다. 철없이 울어재꼈던 새끼들의 슬픔을 술에 섞어 흘려보냈나 보다. 담담히 우리를 부르신다.

"이리로 와서 앉아 봐봐. 밥은 먹었어? 숙제는 했냐? 뒷거리 주막에서 호갱이 아저씨랑 술 한잔 했어. 너들 때문에 그 새엄마라는 사람 보내버렸다. 앞으로 너희들 눈물 뺄 일 없을 것이니 걱정 하지 말고 공부 열심히들 혀. 알었제?"

우리는 빤히 아버지 얼굴을 보고 있다가 순간 방실방실 웃음이 샌다. 그 천사 같은 감동적인 선언에 지옥이 천당으로 바뀌었고 아버지가 너무나 좋다. 아버지의 촉촉해진 눈은 보이지 않고 입만 보인다. 우리는 기뻐서 "진짜? 진짜?"를 외쳤다. 아버지는 천당인들 지옥인들 어떠랴. 이것이 어린 자식들에게 기쁨인 것을….

그렇게 믿고, 만취한 자비로운 얼굴로 잠이 들었다. 하늘하늘 참새 같은 피붙이들을 놓고, 매정하게 가 버린 어머니를 그리며, 무거운 근심과 슬픔이 아버지의 넋을 빼앗아 간 것 같다.

수없이 밝아올 새로운 새벽, 소를 벗 삼아 쟁기를 둘러매고 또 다른 희망인 것처럼 순응하실 아버지는, 성경에 나오는 구절처럼 '기쁨이 넘칠 때 누구와 나누고, 슬픔이 넘칠 때 누구에게 하소연하나.' 이것을 그때 나는 몰랐다.

# 당숙모

길을 가다 강인한 듯 정 깊어 보이고 단아한 어르신을 뵈면 어머니처럼 그리운 당숙모가 거기에 있다. 아련히 떠오르는, 멈춰 손이라도 잡아보고 싶고 불러보고 싶어 한참을 서서 지난 내 고향을 본다.

내가 살던 고향. 끝없이 넓은 평야에 벼 이삭 익어가고 그 사이사이 푸른 강이 흐르고 나지막이 푸르른 산이 있던 곳, 그

마을에 사는 모두는 한 가족처럼 함께였다. 어쩌다 어려움을 겪게 되는 집안이 생기면 온 동네가 그 집안이 된 듯 마음을 함께했다. 서로 돕고 그 안에서 위, 아래의 서열대로 질서가 있었고 어른들의 솔선이 있었다.

나의 어머니는 내가 중학생이 되자 심청이 어머니처럼 우리 곁을 떠나고 말았다. 어머니와 청천벽력인 이별을 하고 그 동네의 한 가구로 아버지와 나, 초등학생인 남동생이 생계를 유지해야 하는 환경에 처하게 되었다. 이 동네 어른들에게 우리가 처한 어려움은 더 심각한 상황으로 보였던 것 같다. 마을의 아녀자들은 우리에게 부재가 된 어머니 역할을 자청하며 바빠졌다. 도방댁, 부동댁, 금구댁 그리고 대표적으로 모산댁인 당숙모였다. 이들은 우리 마을 지도층의 부인들이다. 가까운 우리의 당숙은 그 시골 마을에서 해외로 건너가 선진 문물을 배우고 익힌 유학파 중 한 분이다. 이분들은 부인을 잃고 어려움에 처한 나의 아버지를 위하여, 한 홀아비를 위하여 한마디의 요청이 없음에도 불구하고 자발적이며 경쟁적으로 우리 집을 드나들며 도왔다. 우리의 먹거리를 챙기고 우리가 살펴야 하는 가축을 돌보아 주고 학교생활까지 일렀다.

저 끝 탱자나무 집에 사는 모산댁 당숙모, 우리 어머니 살아 계실 때 어머니와의 사이가 좋으신지 늘 어머니와 도란도란 얘기가 많으셨다. 고추장, 된장을 담그며 "형님 이것이 간이 맞는다요. 안 맞는다요", "우리 둘째가 건너 마을 누구랑 눈이 맞은 것 같은데 집안이 그 최씨 집안 총각이라네요. 어쩌야 쓴다요…" 끝과 끝집을 오가며 함박꽃이 되어 언니처럼 친구처럼 살가운 아녀자들이었다. 그랬던 당숙모는 어머니가 가시고 그리움인지 눈물만 안갯속에 아련하다.

강인한 표정에 슬픔은 감추어지고 당숙모 집 살림과 우리 집 살림을 해야 하는 책임감인 듯 당숙모의 걸음걸이는 다리긴 남정네처럼 보폭이 넓다. 심청이보다는 다 큰 학생인데도 끼니를 챙기는 우리가 못 미더워 하루에도 몇 번씩 우리 집에 오셨다. 졸업을 앞둔 3학년 가을, 수학여행을 간다. 좀 멀리 제주도에 배를 타고 가는 일정과 경비가 우리들에게 전달되었다. 여행 경비를 부모님께 타오라는 선생님의 말씀이 있었다. 나는 아버지의 어려움을 알기에 당연히 갈 생각조차 하지 안았으며 말씀도 드리지 못했다. 반 대표로서 반 친구들의 경비만 모아 선생님께 제출하고 집으로 갔다. 가고 싶기도 하고 섭섭하기도 했으나 슬프거나 우울하거나 그렇지는 않았다. 여행 며칠 동안 못

가는 친구들과 학교에 남아 함께 보내면 그뿐이었다. 그러나 그 다음 날 선생님께서 부르시더니 여행경비를 누군가 지불하셨으니 여행을 가도 된다고 하신다. 당숙모였다. 당숙모에게는 나와 같은 또래의 딸이 있었다. 그 딸도, 나도 타고 있는 제주도를 가는 배 안, 큰 파도가 일렁이며 친구들의 멀미가 시작되었고 긴 고통의 순간들이었다. 그 고통의 소용돌이 속에서 나의 기쁨은 충천했다. 내가 꿈으로만 꾸기로 했던 환상의 섬, 제주도를 갈 수가 있다니 얼마나 행운이고 다행인가. 이 따스한 여행은 내 희망을 돈독히 했다.

항상 질서정연한 당숙모 집, 딸기며 앵두며 복숭아 등 나지막한 텃밭에 각종 과실나무들이 있다. 우리의 키와 맞춘 듯 옹기종기 쉽게 따고 먹는 것들, 그것들도 아낌없이 우리 것인 양 허락되었다. 내 어머니의 보은이실까, 심청이를 보듯 하는 것일까, 오 남매나 되는 당숙 집 가족도 버거울 텐데 항상 힘이 넘치셨다.


호기심 많던 어느 봄, 어머니가 있을 때처럼 학교가 끝나고 친구들과 집으로 온다. 저만치 뒤에 같은 동네 최씨 집안의 어떤 남학생이 내 뒤를 졸졸졸 강을 건너고 산기슭을 지나며 따라서 온다. 같은 또래 여학생들이 많아선지 망설망설 뒤쫓아

오다가 낯익은 우리 집 앞 긴 골목 나 혼자가 되었다. 따라오던 최씨 남학생은 갑자기 내 책가방에 쪽지를 꽂고 돌아섰다. 돌아서다 나를 마중하기 위해 종종걸음인 당숙모와 눈이 마주쳤다. 엄하기로 소문이 난 당숙모, 그 남학생에게도 두려움이었을 것이다. 나를 좋아하노라는 쪽지 한 장이 당숙모 손에 들리며 발각이 되었다. 조카를 잘못 지킨 당숙모의 책임인 듯 불같이 화를 내셨다. 그 남학생은 당연히 "어린 것에게 어떤 놈이 수작을 하느냐?"며 혼쭐이 났다. 그리고 그 길로 그 댁, 감히 범접하기 어려워 진사로 불렸던 그의 부모에게 쳐들어갔다. 부모가 자식교육을 어떻게 시켰으면 공부하는 학생이 여학생 꽁무니나 따라다니며 편지질을 하느냐며 따졌다. 허튼 생각을 하지 말고 학생의 본분을 다하라는 경고였다. 그 소문은 온 동네로 퍼졌고 그 이후 내 학업에 지장을 주는 그런 행위는 일어나지 않았다. 그것은 나에게 주는 경고이기도 했다. 나는 그것을 지키기 위해, 당숙모를 향한 나의 사랑을 증명하기 위해 더욱더 본업인 공부에 매진하게 된 것 같다. 내 어머니가 아니어도 나를 당혹스럽게 하는 것들에 대항해 싸워주셨던 당숙모가 나를 행복하게 했다.

고비고비마다 여행경비를 대듯 우리 곁에 게셨다. 고추장, 된장, 쌀만 있으면 살았던 시절, 안 사람이 해야만 했던 그것들을 잃지 않기 위해 고단함과 함께였을 당숙모, 사람을 챙기는 위대함을 보았다. 높은 사회적 신분에 상응하는 도덕적 의무를 지키신 것일까. 나에게 그런 어른이 있다는 것이 얼마나 큰 위안이 되었고 얼마나 든든한 배경이 되었는지 모른다. 스산한 나를 위해 버터 주었던 큰 힘이었고 위로였다.

쏟아지는 태양 아래 굳건히 걷고 있는 우리는 그런 성실한 사랑이 있었음에 부족함을 지우며 온전한 한 사람들이 되었으리라 믿는다.

2장_ 바람과 나무의 노래

# 내 편

어머니는 암 투병 끝에 아버지 곁을 떠났다. 아버지 혼자 살 아보니 힘이 드셨던지 주변 어른들의 권유를 물리치지 못하고 새로운 부인을 맞이했다. 그러나 엎드려 우는 어린 자식들의 눈물 속에 돌려보냈다. 어려운 결정을 내려준 아버지, 아버지가 새엄마 편을 안 들고 내 편이 되시면서 길고 긴 아버지의 외로 움은 시작되었을 것이다. 그 외로움은 인간사 야속하게도 딸인 내 일이 아니고 아버지의 일일 뿐이다. 내 편에 있어준 아버지는 낮엔 정신을 놓은 듯 일하시고 밤엔 표현할 수 없는 고뇌를 놓을 길 없는 듯 술에 의지하시는 것 같았다.

저녁밥을 해놓고 아버지를 기다리지만 아버지가 아직 안 오셨다. 그러면 아버지를 모시러 가는 일은 내 동생 몫이다. 상점 막걸리 집에 분명 계실 아버지를 모시러 이리 뛰고 저리 뛰며 휘날리게 다녀온 막둥이 동생이 그런다.

"아버지가 그냥 우리끼리 먼저 밥 먹으래."

"술 너무 많이 드시지 않게 모시고 오지, 혼자 왔어?"

"죽어라 불렀는데도 안 쳐다보고, 그냥 가서 얼른 밥 먹으래~"

동생은 나이차도 별로 안 나는 누나한테 지청구를 듣는다.

"또 갈까?"

또 가도 헛일인 것을 우리는 알기에 그냥 된장국과 김치에 밥을 먹었다. 매일 아버지는 술이 있어야 했다. 하루는 상점 막걸리 집, 하루는 뒷거리술집 친구들이랑, 그렇게 술이 좋으신가 보다. 며칠씩 그러시다 미안하신지 이른 저녁, 쟁기에 소를 몰고 집에 오신다. 그런 날도 어김없이 밥상에서 술을 찾으시기에 동생이 주전자를 들고 주막에 가서 술 한 되를 받아와야 했다. 그래도 그게 어딘가. 아버지가 우리와 함께 오붓이 식사를 하시니 우리 막둥이도 신이 나서 뛰어오다 보니 주전자의 술이 반은 줄어 있다. 그러면 아버지는 그저 빙그레 웃으시며 말씀하신다.

"이 주전자가 술을 다 먹어 부렀네~"

이렇게 새엄마를 보내고 정처 없는 아버지, 어머니처럼 아버지도 우리들을 떠나버릴까 봐 막둥이 눈에 그리고 나의 눈에 눈물이 고인다.


소꿉장난처럼 이대로는 안 되어서 급기야 큰오빠 내외가 우리 집으로 왔다. 당시 오빠와 올케의 큰 결단으로 서로 좋은 방법, 올케는 우리 집 안주인이 되었다. 시누이와 올케, 서로 깊은 마음을 주고받을 수 없나 보다. 시누이가 좋을 리 없는지 올케는 막내 시누이가 힘든 논밭일 거들지 않고 흰 칼라에 검은 교복을 정갈하게 입고 예쁘게 한량으로 학교만 다니는 것을 좋아하지 않았다.

"여자가 공부만 많이 해서 어디 쓴다요? 옆집 방아코도, 영옥이도, 희순이도, 중학교 마치고 미용 기술, 양장 기술을 배우든가 농사일 한다고 하던데요?"

올케뿐만이 아니고 "여자가 무슨 공부를 하느냐?"며 아버지를 걱정하는 동네 어른들도 같은 생각들이었다. 보릿고개라는 깊은 굴곡이 있던 시절 혼자서 많은 아이들을 먹이고 학비까지

부담해야 하는 홀아비가 된 아버지를 위한 말이었다. 다니는 중학교만 마치고 농사일 시키라고 종용한단다. 아버지가 넌지시 귓속말을 하셨다.

"올케한테는 암말도 안 혔어. 애비는 아무리 니 올케가, 동네 사람들이 말려도 너를 꼭 고등학교는 마치게 할 것이다. 그러니 걱정 말고 더 열심히 공부해서 서울 좋은 데 취직해야 혀."

감동적인 이 말에 나는 날개가 돋아나기 시작했다. 서울이 어떤 곳인지 모르겠지만 아무튼 아버지가 원하면 그렇게 할 것이다. 최고의 기쁨이었던 금지옥엽 큰아들의 큰며느리 편이 아니고 내 편이라는 사실, 그것은 내게 헤아릴 수 없는 큰 희망이 되었고 긍정의 힘이 되었다. 그런 아버지에게 나는 무엇을 해드려야 할까.

# 호갱이 아저씨

인절미 떡을 매치는 날 내가 친구 이순이에게 뜨끈한 떡을 주고 싶은 것처럼 아버지도 그러신가 보다. 집안에 큰 행사가 있는 날 어머니는 정성들여 담근 술을 거른다. 그런 날 아버지는 어느새 호갱이 아저씨를 불러 개구쟁이처럼 손잡고 온다. 어머니가 장난스레 눈을 흘기며 지청구를 하지만 엄마의 눈꼬리도 반가운 듯 웃는다. 주발을 꺼내 아직 밥알이 동동 떠있는 술을 뜬다. 한잔 씩 건네는 맑은 술을 마시고 입가를 훔치며 애들처럼 눈을 마주치며 웃는다. 더는 안 되니 일 치르고 보자는 어머니 말을 들으며 취기는 채 오지도 않았는데 어깨동무를 하고 머리를 부딪히며 나가신다.

호갱이 아저씨는 지붕이 기와로 되어있고 대궐처럼 번듯한 집에 살았다. 흙이 붉어 황산골이라고 불렀던 곳이 호갱이 아저씨가 사는 동네였다. 그 동네에 우리 밭이 있고 붉은 그 땅에 고구마를 심으면 포근포근한 고구마의 맛이 일품이었다. 그래서 늘 그 밭에는 고구마를 심었다. 가을이 되면 땅을 닮은 빨간 고구마가 주렁주렁 매달려 땅을 뚫고 뭍으로 나오기 시작한다. 그때 고구마를 수확하여 집으로 나르는데 아버지는 아저씨 집에도 있는 고구마를 덩그러니 그곳에 두고 온다. 아저씨 몫이라고 한다.


어머니가 돌아가시고 늘 이리 봐도 저리 봐도 빈 하늘, 아무도 없는 아버지 옆에 호갱이 아저씨는 있었다.

아버지는 갑자기 감정의 둑이 무너져 내릴 때 호갱이 아저씨를 찾았다.

'이 사람아, 이 노릇을 어찌 해야 하는가.'

말로 묻지 않아도 아는 듯 둘의 눈이 부딪히면 아버지는 다

괜찮은 것 같다. 아버지에게 어찌해야 옳은지 모를 일 어디 한두 가지였을까. 그저 아버지 말로 입주 한잔 하면 되는 것 같다. 어깨동무를 하고 시함 거리를 누비며 합창을 하고 온다. 아저씨는 늘 "막내야. 느그 아부지 새엄마 있어야지, 안 그려?" 하고 내가 싫어하는 말을 했다.

어림없는 듯 씩씩거리는 친구의 어린 딸을 보며 더는 어찌하지 못하고 아버지 모습이 보이지 않을 때까지 그 밝던 모습에 눈시울만 촉촉이 서 있다. 그리고 어른이면 다 아는 얘기들을 한다.

"이 사람아, 방죽 논에 물이 너무 방방하네."

"고구마 밭에 순이 너무 우거져서 고구마 알맹이가 부실하게 생겼네. 흙을 좀 쳐올려주게나."

"고추 모종이 너무 다닥다닥 붙어서 쓰겠나?"

"배추 모가 다 커서 묶어줘야 쓰것네, 이 사람아."

우리는 고사리 손으로 저녁상을 차린다. 기다려도 오지 않는 아버지. 어머니처럼 어디로 가고 없을 것 같아 종종걸음으로 아버지가 있을 주막에 간다. 우리를 본 아버지는 그곳 호갱이 아저씨 옆에 해맑게 웃고 있다. 우리를 본 것 같다. 먹던 막걸리 잔을 서둘러 마시고 입을 훔친다.

"호갱이, 나 가네~"

아버지 옆에 항상 있는 아저씨. 둘은 잠자리 두 마리가 날듯 어깨동무를 하고 학처럼 춤추며 집으로 향한다. 그리고 헤어지기 싫은지 매미처럼 뱅뱅뱅 시함 거리를 헤맨다. 못 잊어 뒤돌아보고 또 보며 간 아저씨, 다음날 이른 새벽 콩나물국 냄비를 들고 마당 끝에서 나와 막내를 부른다.

"아버지 잘 챙겨드려."

## 판포지교(管鮑之交)

나는 젊어서 포숙아와 장사를 할 때 늘 이익금을 내가 더 많이 차지했었으나 그는 나를 욕심쟁이라고 말하지 않았다. 내가 가난하다는 것을 알고 있었기 때문이다. 또한 그를 위해 한 사업이 실패하여 그를 궁지에 빠뜨린 일이 있었지만 그는 나를 비겁하다고 말하지 않았다. 모든 일에는 성공과 실패가 있다고 믿었기 때문이다. 나는 싸움터에서 도망친 일이 많았지만 나를 겁쟁이라고 말하지 않았다. 나에게 늙은 어머님이 계시다는 것을 알고 있었기 때문이다.

어느 밤엔들 달이 없겠으며 어느 곳엔들 친구가 없겠는가마는 어머니가 가신 후 아버지와 호갱이 아저씨는 늘 한곳에 있는 그림이다. 골목 어귀에 몸을 숨겼는지 넋을 놓고 바라보다가 우리의 사립문이 닫히고 안정된 적막이 흐를 때에야 천천히 발

길을 돌린다. 아무 말이 없어도 서로를 더 잘 아는, 먼 곳에서도 서로를 믿고 생각하는 친구.

술잔 부딪히며 천천히 잔을 들어 술을 넘길 때 아버지 가슴 속은 넓어지고 노래를 부른다.

돌담 너머의 아버지를 만나다

# 격동의 70년대

아버지가 시골에서 홀아비가 되어 그 많은 농사를 짓는다는 것이 너무나 어렵기도 하고 안주인이 된 올케도, 농사에 문외한인 오빠도 농사에 성실한 편이 아니었다. 그 많던 논배미에, 시골 살림이 지겨워질 즈음, 군 제대한 오빠가 혁신적인 권유를 아버지께 하기 시작했다.

"아버지, 시골에서 언제까지 농사만 지으며 이렇게 어렵게 살

수는 없습니다. 알아보니 우리 있는 논밭 팔면 서울 가서 좋은 땅 살 수 있다고 하니 서울에 투자합시다."

"안 된다, 조상 대대로 물려받은 논. 전답을 그렇게 팔고 갈수야 없지. 갈려면 너나 서울 가서 취직해라. 아직 졸업도 안한 네 동생들은 어쩌고? 안 될 일이다."

아무리 설득을 해도 허락을 안 하시니 오빠는 서울로 갔다. 한동안 어떤 궁리를 하는지 조용히 뜸하더니 다시 내려와서 설득을 했다. 전망 좋다는 땅을 다 알아보고 왔다며 구체적인 지역까지 지목하며 설득한다. 서울 방배동에 있는 배추밭이라고 한다. 저녁 내내 어떻게 설득을 했는지 드디어 아버지는 아들의 뜻을 따라야겠다는 결심을 하신 것 같았다.

조상 대대로 내려온 논, 전답 처분하는 일은 일사천리로 진행되었다. 나와 동생 막둥이는 아직 학생이니 고등학교 졸업 때까지 학교 앞, 동산 아래에서 지내기로 하고 마땅한 자취방이 마련됐다. 오빠는 서울에 가서 그 목 좋은 땅을 사고, 집을 마련하고 아버지를 모시러 오겠노라 돈뭉치를 들고 날개를 단 듯 갔다. 격동의 시대, 오빠의 마음 저변에 있는 누구에게나 있을 사회적 지위의 상승을 꿈꾸는 욕망, 그 힘의 원천을 꿈틀대는 서울의 개발지역 강남의 부동산에 뒀다. 아버지도 신뢰하는 아들의 말처럼 되리라 기대하며 더 높은 세상을 꿈꿨고 가벼운 하루하루를 지내셨다.

드디어 다 저녁에 오빠가 다시 집에 왔다. 아버지를 모시러 왔어야 한다. 그런데 이게 웬일인가. 오빠의 분위기가 심상치가 않다. 갑자기 아버지의 목소리가 커지고 오빠는 어쩔 줄을 몰라 하며 무엇인가 아버지에게 말을 하고 있다. 시골에서 희망의 도시 서울로 가기 위한 확고하고 쉬운 길이라고 선택했던 그 방법, 한 방에 대박을 낼 것 같던 그 배추밭을 사기꾼에게 사기를 당했다고 말하고 있었다. 이미 팔린 땅을 가짜 문서만 보고 땅 대금을 모두 지불해 버렸던 것이다. 생명 같은 시골 논, 전답, 전 재산이 흔적 없이 써보지도 못하고 날아가 버렸다. 아버지는 화를 누르며 핏기 서린 눈을 차마 들지 못하고 고개만 떨구고 있고 어느 누구도 오빠에게 원망하지 못했다. 그 당시 오빠는 모두의 희망이었으며 총명하고 똑똑했다. 그런 사람이 어처구니없게, 누구에게 홀린 듯 사기를 당했으나 감히 원망할 수가 없었다. 오빠는 아버지 다음으로 믿어야 할 사람이었기 때문이다. 그 이후 아버지는 두 날개를 잘려버린 새처럼 힘을 잃었고 삶을 놓을 것 같았다. 벽처럼 깜깜해진 인생의 무대에서 그나마 술은 아버지를 달래는 것처럼 보였으나 점점 더 아버지를 혼란으로 몰아넣었고 한 번도 나무란 적 없었던 둘째 오빠를 책하기 시작했다.

"이놈아~ 지하에 계신 선친을 무슨 면목으로 뵈올 것이며 남은 자식들 뒷바라지를 어찌해야 한단 말이냐? 정신머리를 어디에 두고 일을 그 지경으로 만들었어? 나를 그렇게 꼬드기더니 땅도, 돈도 다 없어지고 힘도 없고, 니 애미도 없고, 나 보고 어떻게 살란 말이여?"

오빠가 아버지를 골탕 먹이려고 일부러 사기를 당하진 않았지만, 어딘가를 향해 애꿎은 분풀이를 해야 하겠기에 아버지는 술에 절어 고래고래 고함이라도 질러야 하리라. 한 동안을 알코올 중독자처럼, 그 허망함과 절망과 분노를 내뿜으셨다. 누가 위로를 한단 말인가…. 집 빼고는 남은 게 없는 이 상황이 훗날 우리의 삶을 얼마나 힘들게 할 것이며, 핍박을 줄지 아시기 때문이리라.


그 후 오빠는 혈혈단신 서울에 올라갔고 우리와 가장 익숙한 사람들의 삶터, 고만고만한 사람들이 많이 모여 사는 곳, 구로공단에 터를 잡았다. 절망도, 희망도 더는 없는 듯 침묵 속에 갇힌 삶이었으나 무심한 표정으로 그곳에서 일을 시작했다. 우리에게는 우주 같은 작은 가방에 허리띠, 지갑, 양말, 장갑 등을 가득 넣어 짊어지고 다니며 우리의 경제를 책임졌다. 공장지대를 누비며 소매상, 행상을 시작했고 아버지는 추수 후 남겨진 이삭을 줍듯 나머지 전답을 팔아 곧고다 길, 사당동 고개에 방 두 칸을 마련했다.

아버지는 인생의 큰 실패를 성공의 어머니로 자식을 다독이며 이 사태 또한 수용하고 순응하기로 한 것 같다. 언젠가부터 서서히 안정을 찾기 시작했고 아들 앞에 자비로운 아버지가 되고자 노력했다.

지극히 평범한 일상으로 살고자 했던 아버지에게, 정해진 수순의 해일처럼 피하지 못할 격동의 70년대가 왔다가 마침표를 찍고 갔다.

# 사당동 고갯길

격동의 시대, 아들의 뜻을 따라 도약을 꿈꿨던 한 농부의 희망이 있었다. 그 희망이 산산조각이 난 후 한 차례 쓰나미를 보낸 듯 아버지의 세상이 평정심을 찾은 듯 고요히 흘러가고 있었다. 아버지와 우리의 거처가 서울의 사당동 고갯길에 마련되었다. 대궐 같았던 시골집이 하늘과 가까워진 가파른 언덕배기에 방 두 칸짜리 작은 집으로 바뀌었다.

아버지의 할 일이 생겼다. 시골은 지천에 물이었으나 그 물조차 이 고갯길에는 없으니 물지게를 지고 물을 길어 와야 한다. 낭떠러지 같은 계단을 지나 긴 골목길을 내려와 양동이 두 개에 물을 가득 담고 돌아오는 그 일을 아버지가 했다. 아버지는 소를 몰고, 논밭을 파고 다듬는 쟁기질은 선수지만 물지게 지는 것은 서툴러서 물동이의 물은 항상 반으로 줄어 있다. 아버지는 그저 어이없이 웃을 뿐 가고 또 가고 항아리에 물이 가득 차야 그 일이 끝난다.

아침 일찍 아버지의 그 물지게를 따라서 나도 함께 도서관에 간다. 뒤뚱뒤뚱 물지게를 진 아버지와 나란히 걷는 우리는 오랜만에 자유롭고, 즐겁고, 행복하여 웃음이 샌다. 딸의 모습이 긴 줄에 섞여 줄지어 서 있는 아버지의 물터를 한참 지났으나 아버지의 동그란 눈빛은 별이 빛나듯 한 없이 한 없이 따라서 간다. 사당동 고개, 길이라고 있는데 포장이 안 되어 고르지 않은 길바닥, 어지럽게 널러있는 나무 조각과 낙엽들이 하수구와 뒤엉켜서 질척거리고 악취가 진동하여 어디에 발을 딛고 걸어야 할지 모르겠다. 그러나 이 길이 우리는 너무나 아름답고 포근한 잔디밭처럼 발걸음이 가볍다. 진흙 길, 골고다의 길처럼 힘들고 숨이 턱까지 차오르는 사당동 고개 길, 힘든 물지게를 지어야 하고 어려운 취직시험공부를 해야 하지만 즐겁고 너무나 좋다. 아버지가 힘든 물지게를 지고 매일 매일 그 언덕을 오르내리며 그 큰 항아리에 물을 가득 채우듯이 나도 열심히 책을 읽고 또 읽었다.

그 결과물이 나오는 오늘이 합격자 발표날이다. 까만 먹을 갈아 붓글씨로 쓴 장원급제 명단처럼 하얀 종이 위에 합격자 명단이 붙어 있고 가장 높은 곳에 내 이름이 아주 크게 앉아 있다. 아버지가 시골 논두렁에서 나에게 말한 것처럼 그 서울 좋은 곳에 취직을 했다. 환하게 웃는 아버지의 얼굴이 떠오르고 감당할 수 없는 감격과 행복으로 눈물이 흐른다. 서울 친구들을 헤치고 내가 기적처럼 취업에 성공했다. 이제 정식으로 내가 아버지 편이 될 수 있게 되었다. 아버지는 딸이 대통령이라도 된 듯 기뻐하셨고 장하다며 행복한 보름달이 되어 웃으신다.

아버지가 내 손을 잡고 유명한 칠성구두가게에 가서 뾰족구두를 샀다. 그 신발을 신고 멋진 옷을 입고 출근한다. 굽 높은 구두가 불편하고 뒤뚱뒤뚱 쑥스럽지만 이 세상 그 무엇도 부러울 것 없이 내가 최고가 된 것 같다. 함박웃음을 웃으며 나보다 먼저 길로 나서는 아버지를 따라 매일매일 출근한다. 구두가 서툴어서 뒤뚱거리며 걷는 딸을 향해 말씀하신다.

"그렇게 아퍼? 좀 신다 보면 편해지고 익숙해져서 내 것이 된

단다. 참고 신어야 혀. 다른 서울 아들은 멋쟁이일 텐데, 뭐든 기죽지 말고 열심히 하면 되는 것이여."

아버지는 이보다 더 좋은 것이 없는 것처럼 좋아하신다.

"거지도 입성이 좋아야 좋은 밥을 먹을 수 있는 법이여."

항상 찬바람 불 듯 하신 어머니 생각이 나서 빙긋이 웃어보며 옷매무새를 고친다.

"어머니, 잘 해볼께요."

2장_ 바람과 나무의 노래

# 새 옹 지 마

나는 아버지가 원했던 큰 도시 서울에서 취직을 했다. 딸이
하늘에서 별을 땄다며 모처럼 좋아하시는 아버지와 여전히 이
어지는 아버지의 물동이와 함께 출근을 한다. 우리나라에서 제
일 크다는 병원, 양지회 회원들을 이끌고 봉사 오는 국모, 육영
수 여사가 내 곁을 지나며 격려의 악수를 청하기도 하는 곳이
다. 내 어머니를 보듯 흠모도 해보고, 긴장된 악수도 해보고,

입원한 국무총리와도 눈을 맞춰본다. 서울은 물론 최남단의 남해, 작은 섬에서까지 병마를 물리치려고 와서 입원 수속을 하는 곳이 나의 근무공간이다. 화려한 꽃바구니들이 현관을 지나 병실까지 늘어서 있는 것을 보며 신기해 즐거워하고 각 부서에서 열심인 동기들과도 화기애애, 너무나 즐거운 하루하루가 지난다. 이런 모든 새로운 것들을 경험하며 내 청춘은 자긍심과 자부심으로 채워졌다. 나는 학교만 졸업했을 뿐 아무것도 경험해보지 못한 이제 겨우 새내기이다. 그래서 이런 다양한 산 모양의 삶들이 얼마나 높은지, 험한지 모른 채 하나의 근사한 산을 지목하여 목표로 정하고 이 길을 내 길로 정하고 어리둥절하지만 노력했다.

이제 낯설지 않은 안정된 일터에서 반복되는 일상, 이날도 아직은 상기된 몸과 마음으로 출근했다. 출근 즉시 인사과로 오라는 전달을 받았다. 무슨 일인가 묻지도 못하고 인사과에 갔다. 생소한 인사과 상관이 내 이름을 묻더니 '공금횡령'으로 고발장이 접수되었다고 한다. 그러니 지금 경찰서에 가서 조사를 받아야 한다며 빨리 종로 경찰서로 가보라 한다. '공금횡령' 같은 전문용어는 내 귀에 들리지도 않고 경찰서로 빨리 가라고 하는 무서운 '경찰' 소리만 들린다. 대체 무슨 일이 벌어지고 있는지 알 수 없고 경찰서에 가라니 무엇인가 내가 잘못한 것 같다. 무섭고, 떨리고, 사색이 되어 서툰 서울 지리에 겨우 찾아 경찰서로 들어갔다. 그 병원에서 내가 담당했던 업무가 입원 수속비의 수납업무였다. 그런데 여러 건의 입원수속비에 내도장은 찍혀있는 데 그 돈이 증발되었고 입금처리가 안 되었다고 한다.

곧 나는 범인이 되어 있었다. 아수라장 같은 이곳, 숨이 막힐 듯 정지된 냉엄한 이곳이 너무나 무섭고 얼른 빠져나가고 싶어졌다. 그리고 망설임 없이 가리키는 곳에 손도장을 찍고 그리고 생각 없이 빠져나왔다. 훗날 알고 보니 바로 위 상관이 부하직원인 내가 퇴근해 비어있는 책상에서 도장을 꺼내 행한 소행이었다.

내게 불명예를 안겨준 상관을 향해 '당신을 꼭 잊지 않고 지구 끝까지 가서라도 밝혀 복수하리라.' 이런 다짐을 해야 하지만 나는 아무 생각도 떠오르지를 않았다.

학교에서 국어, 영어, 수학과 정직하게 살아야 한다는 도덕 같은 과목은 가르침을 받았으나 나를 대신하는 이 도장을 얼마만큼 철저히 보관해야 하는지는 누구에게도 배우지 않았다. 이 어처구니없음에 휘말려 버렸다. 과연 앞으로 내 인생은 어떻게 될까. 순순히 경찰서에 가서 그 어른들이 작성한 조서에 날인을 하고 멸시의 눈초리들을 등 뒤로 갓 20세 처녀가 길가에 버려진 것 같다. 집으로 가야 하리라. 매일 탔던 버스에 올랐다. 햇빛 쏟아지는 대낮, 버스 안은 환하게 빛나고 그때부터 억장이 무너져 내리듯 눈물이 흘러내린다. 수없이 다녔던 이 길, 종로 5가를 지나 치열한 4대문 안을 빠져나와 표정 없이 흐르는 한강 그리고 동작동 국립묘지를 지나 우리 집 사당동 고개에서 내렸다. 아침에 해맑은 얼굴로 출근한 막내딸이 갑자기 대낮에 하얀 백지장이 되어 집에 들어서니 우리 아버지 예감이 안 좋으신가 보다. 아버지를 보니 설움은 더욱 더 쏟아져 앞이 안보이고 말문이 막히나 아버지한테 초연히 말을 해야 한다. 아버지의 표현할 수 없는 분노, 일그러져가는 얼굴은 당신의 없는 힘을 자책하신다. 내가 또 아버지의 기쁨을 지워버리고 힘 없는 아버지를 다시 늪으로 빠뜨리고 말았다. 이 거대한 사회가 또 다시 아버지를 짓누르고 있다.

"어리석기는…. 경찰서에서 니가 한 것이 아니라고 떼를 쓰든가, 악을 쓰든가, 도망을 쳐보든가 했어야지!"

우리 어머니가 살아 계셨으면 아직 이 도시조차도 무서운 내게 이렇게 분노하셨을까.

아버지는 그런 딸의 억울함을 풀어줘야 하는데 어떻게 하나 조용히 삭히시더니 "앞서라. 가 보자." 하고 초라하게 다 낡아버린 셔츠를 억새 같은 손으로 밀어 입고 주먹을 불끈 쥔 채 병원으로 가는 버스에 올라 딸이 행복하게 앉아 즐거워했던 그곳에 왔다. 그 병원에 왔으나 딸이 없어도 병원의 세상은 행복으로 가득한 듯 화사하고 누구 하나 상대해 줄 사람이 없었다. 내가 가리키는 명석한 한 남자 앞에 섰다. 모기만 한 소리가 되어 나의 아버지가 외친다.

"우리 딸이 무엇을 잘못했고, 어떻게 된 것이오! 말 좀 해 주시오!"

그는 익히 보아왔던 나를 보고 있었다.

"이미 서류는 넘어갔고 어떻게 할 방법이 없습니다. 아버님."

판결하듯 속삭일 뿐 더는 관심이 없었다.

"어떻게 좀 해주시오."

매달리듯 아버지가 애원하지만 묵묵부답이다. 아버지의 가슴만 타들어갔다. 아버지의 눈은 촉촉이 젖어 더욱 총총히 빛나건만 모두를 허사로 만들어 버린 철없는 딸은 오로지 오늘 이 순간이 쓰러질 것 같이 힘들고 벗어나고만 싶다. 처음 신어 내 발에 어울리지 않아서 아팠던 구두처럼 그렇게 지금의 상황이 익숙하지 않고 아프기만 하다. 아버지는 이미 엎질러진 물을 놓고 하늘이 무너지시나 보다. 진작부터 힘이라고는 없어져 버린 아버지가 무엇을 할 수 있단 말인가….

"새옹지마라는 말이 있다. 가자. 가서 잊고 다시 시작하자."

아버지는 핏기 없는 내 손을 잡으며 이 또한 묵묵히 수용하고 지나가시기로 한 것 같았다.

종종, 억울함의 원인 규명은 아랑곳없이 누군가 가장 힘없는 자가 책임을 지고 조용히 물러나 주면 그 사건은 잊힌다.

'범인 열 명을 놓치더라도 억울한 한 명을 만들어선 안 된다'는 형사법의 대원칙, 그것이 지켜지지 않았다.

# 절망, 그 파도타기

공금횡령이라는 누명을 썼으나 빨리 쉽게 사는 것인 줄 알고 경찰서에 가서 날인까지 하고 피해서 나왔다. 무서워 한마디 변명도 못하고 범인이 되어 실직한 딸, 그 딸의 일터에 찾아와 자초지종을 묻고 우리 딸이 한 일이 아니라며 설명하고 애원해봤지만 메아리일 뿐 허사였다. 아버지의 절망은 더 깊어지고 저만치 앞서서 걸어 집으로 가고 있다.

언젠가, 도저히 나을 것 같지 않은 애통한 아들의 병을 고쳐야 한다며 남해 땅 끝 마을에서 어르신 한 분이 병원에 왔다. 조촐한 동전 한 보따리를 올려놓으며 수납하는 내가 의사인 양, 아들의 병을 낫게 해 달라고 간곡히 부탁했던 할머니, 그 할머니가 생각난다. 할머니는 결국 불치병으로 진단을 받고 힘이라고는 실낱만큼도 없이 그 아들을 앞세우고 병원을 나갔다. 그 할머니처럼 의식 없이 우리 아버지도 그렇게 걸어서 가고 있었다.

거대한 병원 문을 열고 나오니 쏟아지는 해는 눈이 부시도록 찬란하나 초라히 걷고 있는 아버지는 곧 쓰러질 것 같이 왜소하고 보잘것없이 더욱 작다. 행복하게 해드리고 싶었다. 나란히 버스를 타고 그 행복이라는 것이 있기나 할까. 생각 없이 다시 집으로 가고 있다.


나는 며칠째 밥을 먹는 둥 마는 둥 다 포기한 채 잠만 자고 있었다. 이제는 서서히 싫증이 날 만도 한데 누가 먼저 일어나 생활을 하라고 말을 못 붙인다. 어머니들이 하듯 아버지는 20살이나 된 딸을 위해 손수제비를 뜨신다며 부엌으로 가신다. 벌써 다 잊으신 것 같다. 그 딸도 힘이라고는 없고 구부정하게 작아진 아버지를 위해 시디신 김치를 썰어 끓는 냄비에 넣는다.

"괜찮어. 그 직장은 니 것이 아니었던 거여. 너무 노심초사 하지 말어. 설마 산입에 거미줄이야 치겠어? 어서 먹어. 다시 시작하려면 어서 한술이라도 떠야 혀."

뒷동산의 바위 같은 아버지가 채근을 한다. 요란하게 끓는 냄비 안의 손수제비, 솜씨 좋은 아버지의 수제비 국물에 속없 이 군침이 돈다. 표현하지 않는 아버지의 마음. 뜨거움을 식히 듯 뚜껑을 열어 아버지도, 나도 끼니를 때운다.

그렇게 몇 날이 가고 참 다행인 망각이라는 흐름이 나를 치 유시키고 있나 보다. 서서히 일어나 몸을 추스르고 마음을 추 스르고 스멀스멀 세상과 소통이 하고 싶어졌는지 가사를 돕기 시작했다. 얼굴에 화색이 돌기 시작했으나 무서운 이 도시에서 다시 어떤 도전을 해야 할지 용기를 못 내고 있다. 몇 달을 그렇 게 빈추리로 살아가고 있음을 보다 못한 오빠에게서 연락이 왔 다. 오빠가 거주하고 있는 전주의 어떤 회사에서 상업학교 출 신 여직원을 뽑으니 얼른 이력서 써서 지원하라는 것이었다.

오빠는 구로공단 공장지대, 우리와 동병상련처럼 어려운 환 경에서 공장을 다니고 작은 회사를 다니며 생활고를 건디는 사 람들에게 허리띠를 팔고 양말을 팔고 장갑을 팔았다. 그들이 남겨준 이윤으로 가족의 생활비와 남은 동생들의 학비를 마련

해야 했다. 그곳에 가면 반겨주는 익숙한 사람들이 있고 낯설지 않은 표정들이 있어 고향 같은 위로를 받기도 하는 것 같았다.

오빠는 발로 누비며 난공불락, 격동의 70년대를 아버지의 아들로서 동생들의 형이며 오빠로서 가족을 부양하며 책임을 다했다. 묵묵히 그 세월을 보내면서 세상을 보았는지, 이런 모습으로는 희망이 없음을 깨달았는지 낮의 노동을 마친 후 밤을 지새우며 책을 보더니 농업협동조합에 취직하여 전주로 내려갔다. 하늘을 나는 한 무리 기러기 떼, 그들을 평화롭게 인도하며 가던 맨 앞줄의 기러기였던 오빠는 나머지 기러기들을 사당동 고갯길에 놓고 혼자서 갔다. 남자의 책임감인지, 형이자 오빠라는 책임감인지, 아버지에 대한 효심이었는지 공직에 입사하면서 가족들의 얼굴에 희망과 웃음을 찾아줬다.

오빠에게는 일찍이 집안의 기둥으로서 험난한 사당동 고갯길에서 물동이에 치인 아버지를 모셔 와야 한다는 아들로서의 염원이 있었던 것 같다. 그 오빠한테서 연락이 온 것이다.

어떤 조언을 하며, 어떤 방법을 말해 줘야 할지 머뭇거리는 아버지를 조용히 보며 나는 '그래도 기죽지 말고 열심히 하면 되는 것이어.' 하고 예전처럼 이런 마음의 지원을 요청한다.

그리고 아버지의 넓은 품안에서 부지런히 두 번째 도전의 채비를 시작하며 이력서를 준비했다.

음식을 만들 때, 끼니가 급하고 무언가 만들어야 하는 데, 재료도, 조리기구도 충분치 않을 때가 있다. 그때 이것저것 있는 재료로만 후다닥 삶고, 무치고, 데치고 끓였는데 기가 막힌 요리가 나오고 먹는 이들의 반응이 의외로 좋을 때가 있다. 딱 그때가 왔다.

"너희들은 용의 꼬랑지가 되지 말고 뱀의 대가리가 되어야 한다."

굳건했던 교장선생님의 훈화에 걸맞게 갓 태어난 작은 마을의 학교, 학년당 한 학급씩 총 세 학급, 학생은 전교생 통틀어 100여 명인 우리 학교, 이력서가 화려할 수밖에 없다. 뱀의 머리가 되었던 나의 이력들을 정성을 다해서 썼다. 꿈을 다시 꾸고 있으나 지금 상황에 내 결정권은 이미 없고 닥치는 대로 살아야 하는 S코스다. 합격이 될 것인지 자신이 없다.


재능 없음을 탓하지 마라. 자신이 모르는 숨은 재능이 반드시 자신 안에 있다. 자신의 능력이 빛을 보지 못함에 원망치 마라. 준비하고 때를 기다리면 반드시 좋은 날이 온다.

내 안에서 잠자고 있던 이 훌륭한 명언들로 나를 위로하며 이력서와 함께 전주에 내려왔다.

전주에서 유명한 단아한 옛 전주성, 전주 읍성의 남문, 풍남문이 보인다. 그 옆 소담하게 아름다운 한옥, 기와지붕 아래 예쁘기까지 한 가정집이 회사이다. 한국에서 제일 큰 병원에서 일하며 눈에 익숙했던 큰 건물이 이 아담한 사옥을 업신여기게 했지만 나와는 관계없었던 것처럼 마음을 조율하며 이력서를 제출했다. 소소하게 화려한 이력서를 찬찬히 보더니 바로 출근하라고 한다.

합격이다. 세무회계를 책임지라고 한다. 물고기가 물을 만나게 되었다. 나는 상업학교를 다녔고 회계를 전공과목으로 공부했으니 완벽한 취업이 되었다. "송충이는 솔잎을 먹어야 한다."는 속담을 떠올려본다.

휘몰아쳤던 성난 파도와 엄동설한이 언제 있었냐는 듯 내 얼굴에 홍매화가 피었다.

어떤 열악한 환경의 회사여도 성실하게 다닐 준비가 되어 있어야 하고 시켜만 주면 나는 열심히 해야 한다. 번듯하지 않은 환경이 실망스럽기는 하지만 내가 상업학교 학창 시절 3년 내내 성실하게 공부했던 '부기', 그것이 나를 편하게 동행할 참이다. 나는 그 업무를 잘, 성실히 하기 위해 늦은 저녁까지 노력

했으며 세무, 회계 일을 당당하게 맡게 됐고 관할 세무서의 담당 직원들과도 친해져 갔다.

'하늘이 무너져도 솟아날 구멍이 있다.' 그것을 보았다.

# 우리의 기둥, 작은오빠

지나온 절망들이 단련시킨 오빠는 공기업에 입사하여 얼마나 노력을 했을까. 오빠의 삶에도 윤기가 흐르기 시작했다. 번듯한 청년들처럼 오빠에게도 어김없이 결혼 적령기가 찾아왔고 혼기에 접어든 한 청년, 오빠는 딸을 둔 한 직장 상사의 눈에 들기 시작했다. 결혼도 전략이라는 말이 있다. 오빠는 그렇게 상사의 사위가 되었다. 결혼하여 집이 마련되었고 동생인 나의 일터가 마련되었으니 아버지와 우리는 한 둥지를 틀게 되었다. 아버지와 나, 이 도시 한 뼘의 땅도 없는 우리에게도 집이 생겼다. 오빠의 집이 우리의 집이 된 것이다. 이 얼마나 다행인가. 그러나 아버지와 며느리 그리고 시누이가 된 나, 난감하고 어려운 가족 구성이 되었다.

"홀시아버지 모시는 일은 맨손으로 벽을 타는 일보다 힘들다."는 옛말이 있다. 이 어려운 문맥 안에 우리 아버지와 내가 있게 되었다. 명예도, 재력도 부족함이 없는 여유로운 가정의 여식이 아버지의 며느리가 된 것이다.

"사돈네 봉송은 저울로 달아야 한다."는 속담과 같이 사돈 간에는 적어도 받는 것만큼은 되돌려주어야만 하는 것으로 되어 있다. 혼인이 당사자 두 사람의 결합 이상의 것으로, 한 가문과 다른 가문 간의 결합의 의미임을 말해 주고 있다. 그런데 사돈이 된 아버지는 그럴 수가 없지 않은가. '기울어진 혼인', 균형을 잃은 혼사라면 사돈 간의 관계가 더욱 어렵고 불편한 관계가 되는 것이다. 그 불편함 속에서 우리는 물에 기름인 듯 동글동글 굴러가는 모습이 되었다. 떳떳하게 고개를 젖히며 웃는 그들의 뒤에 항상 기울어져 처절하게 버텨야 하는 우리의 삶이 있었고 애꿎게도 우리의 시린 모습이 있었다.

머느리는 며느리대로 낯선 환경의 시댁에서 홀시아버지를 모셔야 하는 애환을 우리인들 이해하겠는가, 역시 이해할 수 없었고 서로 다른 시각에서 나쁜 버섯처럼 불편하고 불행한 것들이 피어났다.

남편 한 사람을 믿고, 낯선 이 집의 안주인이 된 며느리, 지금껏 유복한 집안에서 고이 공주처럼 살아온 그 며느리는 힘겨운 우리의 이 여정에 합류되어 갑자기 주어진 책임에 헤맬 수밖에 없었다. 이 대가족이 살아가기 위해 이행해야 하는 아주 기본적인 것들, 입고, 먹고, 자고 하는 '의식주, 간단할 것 같은 그것들조차 거대한 산이었으리라. 가족 중 누군가 할 수 있는 사람이 그저 하면 되는 어렵지 않을 그것들, 육체의 노동에 앞서 마음이 먼저 요동치기 시작했다. 왜 내가 해야 하나, 슬픔이 되고 불행이 되어 넘쳐났다.

나는 그 어두운 감정들을 다독이며 가고 오는 일상에서 허락되는 시간 내에 시린 손을 불며 빨래를 하고 청소를 하고 저녁상을 차리면 되었다. 주변을 뱅뱅 돌며 표정없는 딸의 침묵과 근심을 살피며 아버지는 그것이 안타까운가 보다. 벌써 몇 번을 왔다가 가신다. 외로움 속에서 그저 보내야 하는 시간들이 무심히, 때로는 비감에 젖어 슬픔도 있지만 이렇게 눈 마주치며 웃어주는 아버지가 있어서 좋다.

끝없이 이어질 것 같은 이런 애틋한 모습에 알 수 없는 공허감이 밀려오기 시작했다. 점점 겁에 질린 비둘기가 되어갔고 내젊은 날의 하루들이 암울하고 고뇌 가득한 삶으로 깊어만 갔다. 낙이라고는 없는 세상살이에 아버지 또한 다시 조금씩 술에 취하며 우리는 같은 공간에 살면서 오빠의 가족들과 멀어져 갔다. 점점 술 없는 날이 없고, 술에 의존한 사람이 되어갔다. 특히 심한 날, 아버지의 한 맺힌 자작곡, 그저 술과 같이 부르는 이름 없는 노래를 부른다.

"이리로 갈까~ 저리로 갈까~ 어디로 갈까~"

며느리 밑에 살다 보니 정말 어디로 어떻게 인생을 가야 할지 모르시겠나 보다.

맑은 정신으로는 해결될 것 같지 않은 무거운 근심들이 아버지의 넋을 빼앗아간 것 같다. 나도 듣다, 듣다 참을 수 없어 살며시 암울한 세상, 아버지를 피해 집을 나온다. 깜깜하게 별만 보이는 저녁, 아픈 고통을 끝내고 통증 없는 다른 세계를 향해 꽃상여를 타고 가신 어머니를 불러내어 가슴에 품고 걷는다. 골목길을 빠져나와 나의 가슴을 수습하며 터덕거린다. 희망처럼 저 멀리 다행인 밝게 빛나는 마지막 집을 돌아 우뚝 서 본다. 그 희망 앞에서. 몇 바퀴를 돌고 또 돌아 그날 저녁 그 한을 조금 풀고 포악하지 않은, 자비로운 얼굴로 모든 것 잊고 편안히 숨을 고르는 아버지 곁에 새털 같은 나의 몸을 눕히고 이불을 뒤집어썼다.

"아버지. 모두가 너무나 힘들어 죽겠습니다. 더는 못 참겠고, 이 집, 겁에 질린 비둘기 집에서 벗어나 나도 이제 이 장벽 같은 벽을 넘어 날고 싶은데 아버지를 어떻게 하고 가야 하나요?"

비바람 몰아치는 악천후 속, 아버지가 받쳐준 우산 속에서 내가 빛나는 고교 졸업장을 받았으니 이제는 내가 아버지의 편에 있어야 하지 않겠는가. 내 또래 아홉 명이나 됐던 동네 여식들 중에 두 명만 고등학교를 졸업했다. 그 두 명 중 한 사람이 될 수 있게 아슬아슬하게 나를 졸업시킨 그 아버지를 부르며 절규한다.

"어떻게 해요, 아버지!"

울고 또 울다 보니 흐느낌이 컸었나 보다. 주무시던, 만취한 아버지가 아니고 신처럼 깨끗한 음성이 울려 퍼진다.

"얘야, 어서 자자. 몸 상한다. 내일 일찍 일어나야지 않어? 참아 보자!"

아버지의 딸을 달래는 목소리, 자비로운 목소리가 눈이 부시게 하얀 눈이 녹아내리듯 흐른다.

"하아, 어쩌나…."

딸의 자책을 본 후 아버지는 조금씩 안정을 찾으시려고 애쓰시는 것 같았다. 늦은 저녁 슬며시 어디로 나가신 아버지는 잠시 후 들어오시더니 품에서 무엇인가를 꺼내서 나에게 건네셨다. 차디찬 아버지의 손에서 온기가 전해 오는 너무나 애잔하고 가슴 뭉클한 것, 딸이 늘 좋아했던 달달한 냄새를 풍기는 호떡이다. 나의 가슴, 아버지의 표현할 수 없는 외로움과 넘치는 사랑의 뜨거움처럼 동그란 호떡 위에 소나기가 된 눈물이 쏟아진다.

100원에 두 개였던가. 고마운 100원이 아버지를 위로하고 있었다.

# 우산을 마련하겠다는
## 다짐은 어디로 갔을까

공허함과 공존하며 안정된 회사에 취업해서 월급을 받고, 아버지와 나, 우리까지 가족으로 함께해 준 오빠의 덕택으로 의식주가 편하게 해결되었다. 인생을 알아가는 듯, 산다는 것이 무엇이어야 하는지 알 것 같다. 남 보기에도 사는 게 부드러워졌다.

그런데 어려웠던 생활고를 이겨내야만 하고 벗어나야 한다는 지금까지의 목표는 이미 이루어졌기에 더 이상 삶의 목표는 무엇이어야 하는 것인지 모르겠다. 뜻 없이 우왕좌왕한 하루들이 지나고 있었다. 세상과 나 자신에 대한 불만들이 기준도 없이 넘쳐 났었던 그때로부터 이제는 종결되었을까. 그러나 그 감성들은 그리 쉽게 끝나는 것이 아니었다. 내 안의 감성은 터무니없는 분노와 노여움들로 여전히 기준 없이 흔들리고 있었다. 그러나 인생이란 오묘한 것 같다. 그런 잡다함과 상관없이 한편의 또 다른 삶이 준비되며 진행되고 있었다.

"최 양도 이제 시집가야지. 여기 총각 많은데 한번 골라 봐."

어렵게 취업한 회사의 책무를 성실히 해야 했고 또 그렇게 하는 나는 회사원. 성실한 업무를 이행하는 중 작성한 회계장부 보고서를 들고 관할 공관에 드나들어야 했다. 회계장부를 감사받으며, 그 일들로 자주 들러야 하는 곳, 그래서 친근해진 관할 세무서의 담당 과장님의 말씀이다. 볼 때마다 당당함이라고는 없는 나의 모습에 연민의 감정이 일었는지 놀리듯 자주 말씀하셨다. 그러던 어느 날이었다. 과장님이 나를 특별하게 반가이 맞아주더니 담당 직원이 바뀌었다며 인사를 시켰다. 으레 담당직원은 두려운 존재, 수줍은 듯 긴장감 속에 서 있는 나와

머리는 군대에 갓 입대한 신병처럼 짧고, 인사하는 모습이 깍듯하며, 조근조근 가만가만 친절한 청년이 마주했다. 나는 직접 작성해 가져간 우리 회사의 서류들을 내밀었다. 그 또한 수줍은 듯 따뜻이 눈을 마주치며 정갈하게 서류를 받으며 의자를 권했다. 싱그러운 청년, 우리는 그렇게 처음으로 마주했다.

사업가들이 가장 긴장하고 두려워하는 국세청의 직원들, 그중 한 명인 그는 담당자로서 내가 하는 우리 회사의 회계장부를 감사하며 보고서와 보완서류를 주고받기 시작했다. 가까이에서 만나는 횟수가 잦아졌다. 나는 담당이 된 직원을 보며 긴장했다. 그런 나와는 상관없이 그는 친절했고 자상했다. 책임과 의무를 다하고 부족한 나를 도우며 나의 회사생활에 윤기를 줬다. 그 행위들은 사랑의 몸짓으로 변해갔고 숨길 수 없이 좋은 세월로 바뀌어 갔다. 자주 만나게 되니 스스럼없는 사이로 변해갔다. 몸이 가까우면 마음도 가까워진다 했던가? 지난 세월 나를 감싸고 돌던 찬 기운은 따뜻함을 만나 부드럽고 온유한 기운이 되어 일렁였다. 일이 핑계가 되어 애초에 정해져 있었던 것처럼 사랑이 모락모락 피어나기 시작했다.

감성이, 로맨스가 호사였던 지나간 세월들, 척박한 그 뜰에서 이 사람을 만나리라는 생각을 어떻게 했을까? 지구의 정반대편으로 내가 옮겨진 것 같았다. 내 일생의 가장 행복하고 멋진 순간이 온 것 같다.

그러나 이 무슨 섭리인가. 그때부터 어이없게도 아버지는 가려져 보이지 않는다. 그런 나, 딸의 사랑이 시작되었고, 순전히 나와 그 사랑이 있을 뿐이었다. 아버지를 행복하게 해 드려야겠다는 다짐과 내가 아버지를 위하여 우산을 마련하겠다는 다짐은 어디로 갔을까. 뜬금없이 나를 위해주고 나를 보살펴주는 사람이 생기니 딸의 생각은 온통 그 사람 생각뿐이고 이제는 아버지가 나의 아버지만이 아닌 것이 되어갔다.

아버지는 어떤 청년과 사랑에 빠진 듯한 딸이 몹시 궁금하나 딸은 그에 아랑곳없이 둘이 마주하여 정다운 애기를 나눌 시간이 없어졌다. 하숙집을 드나들 듯 그저 스치듯 오고 갈 뿐이다. 나만의 오롯한 산이었던 아버지. 이제 내가 외롭지 않아졌고 부족함이 없어졌다. 그것으로 내 안의 모든 것은 다 된 것 같다.


아버지는 간간이 창가에 서서 눈을 깊게 깜빡이며 큰 산들과 큰 구름들과 이야기를 나누듯 숨을 몰아쉬고, 뒤돌아 기쁨인 것처럼 그저 웃는다. 처진 어깨에 찬 공기들이 내려와 앉아 있다. 사랑에 빠져 아버지 없이도 홀로 완성된 듯 딸은 이 비둘기 집에서 더 이상 아버지의 시중을 들고, 며느리 앞에서 울타리가 되어 드리고, 말동무를 해 드릴 시간이 없어졌고, 그럴 생각이 없는 듯하다.

아버지의 삶이 허망으로 기우는 듯 의미 없는 날이 새고 또 진다. 의미 없이 흘려보내는 아버지의 세월을 붙잡아 드리고 싶었던지 책임을 느꼈던지, 드디어 아버지의 아들이 나섰다. 구멍가게를 마련하여 생활용품을 팔고 식료품을 팔며 사람들과 소통할 수 있게 한 것이다. 아버지는 옆에 있어도 그리운 자식들, 아들과 딸이 퇴근하여 살갑게 곁에 올 때를 기다리며 그 조그만 가게에서 물건을 팔기도 하고, 물건들의 먼지를 털기도 하고, 며느리가 손주들을 키우다 지칠 때면 손주들을 보기도 한다. 손주들을 유모차에 태워 밀고, 사랑하는 사람이 구비구비 표정 없이 갔던, 사랑하는 딸이 벽처럼 외로웠던 시절 마음을 달래려고 돌고 또 돌았던 그 아련한 길들, 그 길을 돌고 또 돌아오신다.

이 건조한 아버지 인생의 일탈은 오기나 할까.

반복되는 일상에 지친 한 남자는 어느 날 아름다운 한 여인과 마주치고 흠모하는 마음을 어찌 할 수 없어 종이비행기를 접어서 그녀에게 날리기 시작한다. 그녀가 받지 못해도 계속, 한 남자의 마음을 전달하는 매개체, 종이비행기를 날린다. 드디어 어느 날 종이비행기 하나가 바람을 타고 그녀에게 간다.

—『 페이퍼맨 』

다양한 그릇들 속에 담기는 물처럼 수월하게 충실히 사시는 우리 아버지. 손주를 위해, 며느리를 위해, 욕심 없는 삶이 잔잔히 이어져 갔다. 그저 성실한 아버지의 일상을 의무처럼 여기는 딸이다. 딸의 사랑은 깊어만 가고 기다림에 지칠 무렵, 아버지 가게 옆에 밥집 간판이 붙었다.

잔잔했던 호수에 동글동글 물결이 일 듯 활력이 넘쳐나기 시작했다. 그리고 그 상쾌한 물결 위에 새 한마리가 날 듯 사뿐히 앉아 노래를 읊조리듯 한 여인이 왔다. 그곳에 종이비행기가 날아서 오듯 소박한 정읍댁 아주머니가 왔다. 선물처럼 바람을 타고 온 이 종이비행기가 아버지에게도 아직 기쁨인 것 같다.

# 아버지의 목련화

잡화상을 하고 있는 우리 집 옆 밥집에 온 정읍댁 아주머니. 오동통하고 짤막한 껄끄러운 손, 쉽지 않았을 세월의 흔적으로 손가락들 지문이 반질반질 빛이 난다. 그 가운뎃손가락에는 아주머니의 자긍심을 마지막으로 지켜줌직한 두터운 황금가락지가 있고 머리는 정갈하게 뒤로 묶어 올렸다. 매무새가 강직하면서도 정이 깊어 기대고 싶은 안정감이 있다.

아버지가 운영하는 가게에 소주가 필요해서 오고 라면이, 새우깡이 필요해서 아버지의 단골 고객이 되어갔다. 소주에 먼지가 쌓였다느니, 새우깡이 오래됐다느니 트집을 잡기도 하여 아버지의 심기를 불편하게 한단다. 옆집에 가게가 생겼는데 인정머리 없이 밥 한번 팔아 주지 않는다며 어처구니없게 볼멘소리도 종종 하기도 했다.

그렇게 토끼처럼 싹싹하든, 질기게 아버지를 괴롭히든 아무튼 아버지에게 말상대가 생겼고 나름대로 삶을 건드리는 목적이 생긴 것이다. 한동안 아웅다웅 트집을 잡는 옆집 아주머니 때문에 화가 난다며 건성으로 듣고 있는 딸에게 열심히 설명하며 그나마 딸과 대화를 한다. 여전히 아버지에게 와서 "왜 운동도 안 하고, 걷지도 않고 가게에만 있느냐? 그러면 나중에 발이 굳어 걷지도 못한다."고 나무란다며 역시 볼멘소리를 하시지만 그 잔소리가 싫지만은 않은 것 같다. 그러던 어느 날부턴가 아주머니의 지청구에 그저 배시시 웃으시기만 한다.

아주머니는 젊어 상처하고 혼자 외로이 안 됐다며 아버지가 좋아하시는 인절미를 사다 드리고 며느리 없이 혼자 식사를 할 때면 어느새 알아차리고 된장국을 퍼오고 달처럼 웃어 준다.

살가운 정에 보답하듯, 그쪽에서 하는 것에 비해 해주는 게 너무 없다는 빌미로 아버지는 가끔씩 그 밥집에 가서 매식을 하기 시작하셨다. 그리고 행동거지가 조신하고 솜씨 좋은 음식을 듬뿍듬뿍 준다며 싱글벙글 칭찬이 시작되었다. 내 보기에는 아주머니가 날씬하지도 않고 털털하고 썩 마음에 들지 않는데 아버지는 인정 많다며 칭찬을 아끼지 않는다. 점점 그곳에 가는 횟수가 늘어나더니 드디어 며느리한테는 아기를 봐주겠노라며 유모차에 아기를 싣고 나가셨다가 자주 발길이 그곳으로 향하며 며느리 눈치를 본다. 그저 하루에 한 번 가서 입주 한잔할 뿐이라고, 별일 아니라고 애써 변명하시는 아버지가 이미 변하고 있다. 갑자기 셔츠의 색상이 화려해지고 딱히 필요하지도 않을 구두가 하얀 백구두로 바뀌었다. 내가 회사에서 일하는 사이 모두가 변해가고 있었다. 어디서 사셨느냐 물으면 이제 너도 안정적으로 회사에 다니고 걱정 없어서 마련했노라며 벙글벙글 화려한 셔츠를 만지고 또 만지신다.

집 밖을 나서 앞집 뜰을 보니 목련꽃이 예고도 없이 흐드러지게 피어 있다. 아버지의 사랑이 그렇게 온 것일까.

딸의 외로움이 아버지와 늘 같이 했는데 언제부터인가 딸의 외로움은 갔고 아버지의 외로움이 더욱 사무쳤을 때 그 안에 옆집 아주머니가 살짝 들어온 것 같다.

어느 날은 아버지가 며느리에게 가게와 아이들을 다 맡기고 외출을 하겠다며 아침 일찍 채비를 하셨다. 나는 출근하며 큰언니 댁에 가시느냐 건성으로 묻고 같이 집을 나선다. 5분여 길을 걷다가 큰길에 나섰는데 아버지가 누굴 보고 손짓을 한다. 그리고 "나 저 양반이랑 금산사에 다녀 올 텐게, 회사 잘 갔다 와. 해 지기 전에 올 것이여." 하신다.

웃어야 할까, 울어야 할까?

그래도 나는 나의 오늘이 바쁘고 아버지의 오늘 하루, 그 살가운 정읍댁 아주머니와의 여행길이 송이송이 목련화처럼 화사하기를 빈다.

2장_ 바람과 나무의 노래

# 아버지, 화성에서 온 남자

깊은 저녁, 홀아비 생활에 익숙한 모습으로 아버지는 뜬금없이 옷장 바닥 저 안쪽에 잠자고 있는 추레한 모시적삼을 꺼내신다. 정갈하게 풀 먹여 펴보라며 몇 해 째 옷장 안에 다소곳이 모셔났던 그 적삼을 내민다. 나는 늦은 저녁 피로도 밀려오고 더욱이 그 구닥다리 적삼이 평소 싫기도 했던 터라 왜 뜬금없이 그 촌스런 적삼을 꺼내시냐고 퉁명스레 물었다. 아버지는 못 들은 척 이불을 펴고 돌아눕더니 이내 코를 고신다. 그 모시 적삼을 말하고 싶어 여태 딸을 기다렸나 보다. 유일하게 느 어매가 손수 만들어 줬다며 냉장고 같이 시원하고, 멋진 옷이라고 촉촉한 눈시울에 아버지 마음 스산한 바람이 불 때 늘 같이 했던 그 옷. 풀을 강하게 먹이고 올이 반듯하게 다려야 깔깔하고 까슬까슬하여 시원하고 맵시가 난다고 늘 단속했던 어머니를 떠올리며 옷의 품위를 살려본다. 빨면 빨수록 윤이 나고 깊은 맛이 난다지만 다 낡아서 되직한 풀을 강하게 먹여 손질을 해도 이것이 모시인지 무명인지 분간이 가지 않게 변해 있다.

부드러워진 적삼을 다리며 나는 새삼 내 어머니가 미워서인지 그리워서인지 억울한 눈물이 흐른다. 이러저러한 격한 감정들을 숨기며 곤히 잠든 아버지의 눈물까지를 닦아 내듯이 그 아련한 옷을 다리고 또 다린다. 이 옷을 왜 또 아버지는 그리워하는 것일까. 그러나 오늘은, 내일 일어나 뿌듯한 낯꽃으로 입어볼 곤히 잠든 아버지를 보며 옷걸이에 멋지게 살아난 옷을 걸고 허망이 웃는다.

아침나절, 넓은 논과 밭들이 푸른 녹색의 이부자리처럼 마을을 감싸고 있는 동산어귀, 긴 밭고랑을 지나 모시적삼을 입은 한 남자와 또 한 여자가 걷고 있다. 소나무 가득한 선산에는 싱그러운 송진 내음과 송화 가루 흩날리며 5월 빛에 왕성해진 잔디와 모든 생물들이 찬란히 빛나고 있다. 그 뿌리들을 타고 영민한 빛들이 봉긋한 무덤 안으로 들어와 한 여인을 깨운다.

묘지 저 멀리 점점이 보이는 영감님, 눈에 익숙한 모시적삼을 입은 선한 한 남자, 아버지가 보인다. 그리고 몇 발짝 뒤 목련화 같은 스카프를 두른 화사한 여인의 해 같은 섬광이 그 영감님을 감싸며 묘지 가까이, 가까이 조용히 걸어오고 있다. 반듯하고, 정갈하게 모시적삼을 입은, 무덤 속 안주인의 반가운 남편이 오고 있다. 옆에 한 쌍의 비둘기가 되어 나비처럼 오고 있는 목련꽃 같은 여인은 누구인가.

그 여인은 사뿐히 걸어오더니 다소곳이 앉아 선 분홍 보자기를 풀고 봉긋한 묘지 앞에 제상을 차리듯 정갈한 상을 차린다. 하얗고 오목한 술잔에 청주를 따르고 그리고 그 또한 모시적삼처럼 윤이 나는 지짐이들을 넙주구리한 접시에 소복이 담는다.

영감님은 모시적삼 매무새를 고쳐 반듯하게 손다리미 질을 해가며 앞섶을 만지작거리기도 하고, 눈물 날 것 같은 그리움을 감추어보기도 하며 계면쩍은 얼굴로 힘차게 솟아오른 봉긋한 잔디를 어루만진다. 그리고 오월의 연녹색 나뭇잎처럼 싱그럽고 어여쁘게 상을 차리는 여인의 모습을 보며 어찌할 바 모르는 시간을 보내더니 다 차려진 상 앞에 두 손을 공수하고 반듯이 선다.

"이 사람이 요즘 내가 마음에 두고 있는 사람이오. 소개해야 할 것 같아서 같이 왔다오. 서로들 수인사나 나누시오." 하며 한발 옆으로 비켜선다. 그리고 한 여자는 두 손을 포개어 아담하게 큰절을 하고 있고, 한 남자는 한 마리 나비를 보듯 동화 속의 해님처럼 그윽이 서 있다.

그러나 아름다운 광경을 보며 어이없어 부정하고 싶고, 소스라치게 화가 치밀고, 봄 서리처럼 찬 기운이 온 가슴을 스칠, 혼자 외로울 어머니가 애잔하다.

그러나 가볍고, 순수하고, 예쁜 한 모퉁이 이들의 인연이, 세월을 영겁으로 넘기며 모시처럼 그렇게 윤이 나기를 바라는 마음은 또 무엇인가.

# 목련화,
## 그 아래 아버지 방이 있네

옛 연인이기도 했던 지하의 조강지처에게, 마음에 두고 있는 좋은 여인이라며 정갈한 상을 차리고 예를 갖춰 인사를 했다.

"홀로 외로웠을 당신 옆에 이제는 좋은 사람이 있어 보기 좋고 마음이 놓입니다."

잠시 이렇게 모정(母情)처럼 안도의 웃음을 짓고 싶은 옛 사람을, 생면부지처럼 냉정히 뒤로 하고 아버지는 부지런히 걷는다. 이른 봄 새순과 같은 여인의 무릎에서 잔디를 털어주고 우거진 숲을 헤쳐주고 그리고 선 분홍색의 보자기를 부드러운 손과 함께 불끈 쥐고 나란히 걷는다. 두근대는 호흡을 삼키며 걷는 길이 너무나 황홀하고 감격스럽다. 수인사, 예식 같은 한 절차 후 더 아끼고 싶은 사과 같은 여인의 살굿빛 얼굴을 살피지만 외딴 섬처럼 상념이 찾아든다. 발아래 스치는 이 수많은 여름풀들 사이 유독 당당하게 피어있는 호랑나비 같은 꽃, 그 꽃이 아스라이 마음을 산란히 흔든다.

"간 사람이 그랬었지…"

밀어내듯 펼쳐지는 찬란한 햇살, 그 포만함이 선물처럼 쏟아져 반짝반짝 눈이 부신 솔잎들, 그 아래 한가로이 뻗은 길, 우유 같은 은빛이 되어 포근하게 구부러져 있다. 아름답다. 그것들과 한 그림이 되어 휘감아 가고 있는 여인. 이 사람에게, 이 유쾌하고 다소곳한 여인에게 무엇인가 해주고 싶어진다. 그리고 갑자기 인생이 급해져 온다.

어느새 머릿속엔 품 넓은 논두렁이 펼쳐지고, 젊은 날 종종거리며 누비고 다녔던, 끝없이 드넓은 만경평야가 있다. 거기에 조상 대대로, 선친과의 약속처럼 그 누구의 말에도 흔들리지 않고 그냥 그 자리에 버티게 했던 하나 남은 고향의 논배미가 우뚝 솟아오른다. 그리고 이 사랑스러운 여인과 둘이 앉아 이야기 나눌 그림 같은 집이 설계되어 머리에 세워진다.

논을 팔아야겠다. 아버지도 아버지를 위해 한 번은 그렇게 하고 싶다.


늦은 오후 집에 오니 여섯 살 손주가 여자 친구와 부딪힐 듯 머리를 맞대고 엎드려 그림책을 보다가 조용히 속삭이더니 벌떡 일어나 엄마한테 간다.

그리고 "얘네 내일 청주로 이사 간대. 나도 따라가면 안돼요?" 한다. 옆에 있던 엄마가 너무 먼 데여서 그럴 수 없다고 하니 계속 치근거리며 따라간다고 칭얼댄다. 아들 고집에 못 이겨 아빠한테 말해 보라 한다.

"아빠~ 나 크면 얘랑 결혼할 건데 이사 간대요. 따라 갔다 오면 안돼요?"

"너무 멀어서 안돼. 어서 저녁이나 먹어."

이 단호하고 냉엄한 말에 더 이상 희망을 잃은 듯 아이는 작은 방으로 뛰어가면서 눈물, 콧물을 닦는다. 아빠의 말은 하늘이었다.

강한 풀을 먹여 폼 나게 품위 있었던 모시적삼을 가을비에 추적거리는 낙엽처럼 만들어 성의 없이 방 윗목에 던져놓고 아버지는 나를 기다리고 있다. 정갈하게 펴보라 할 때 어딘가의 마음 둠과 함께 어딘가 갔으리라는 짐작은 있었으나 묻지를 않았었다.

"아버지~ 오늘 어디 다녀오셨어요?"

아버지 또한 그렇잖아도 어떻게 말을 꺼내야 하나 뜸들이던 차에 등이 가려운데 효자손을 내미는 적절한 순간이다.

"느 어매 산소에 다녀왔어."

"왜? 누구랑?"

"으응~ 정읍댁이랑."

순간 나는 딸이 아니고 어머니를 대신한 '여자의 투기'가 뜨거워진다.

"아버지. 때로는 모르는 게 약이고 거짓말도 미덕이 될 때가 있다는데 꼭, 지하에 계시는 어머니한테, 마음에 두며 사랑하는 여인이라고 보란 듯이 확인시켜야 했어요?"

그렇게 지청구를 하려다 너무나 왜소하고, 너무나 큰 고독 앞에서 마음에 묻는다. 아버지는 그저 알리지 않고 마음에 두는 것이 왠지 떳떳하지가 않았으며 어머니에 대한 도리도 아니라고 생각했다는 변명을 하시더니 결심을 하신 듯 오빠한테 자초지종 얘기를 하겠다고 마음을 굳히신다. 굳건한 의지는 아버지를 화사하고 생기 넘치게 하고 있는 듯하다.

그렇게 아버지는 드디어 오빠와 마주 앉아 어린아이처럼 천진난만하게 고백을 하셨다.

너무나 갑작스럽고, 너무나 놀랍고 화가 난 듯한 우리의 기둥, 둘째오빠와 그 앞에 너무나 따스하고 쓸쓸한 아버지의 긴 침묵이 흐른다. 그리고 용기를 낸 듯 오빠의 싸늘하고 준엄한, 판결 같은 건조한 음성이 울려 퍼진다.

"아버지, 단순한 사안이 아닙니다. 아버지 사후까지 생각해 보셨어요? 이것은 절대 안 되는 일입니다."

두 남자의 눈에 잠시 불꽃이 튄다. 그리고 쓴 표정을 지으며 오빠는 방에서 나가버렸다. 화들짝 반기지 않으리라는 예상은 했을 테지만 깜깜한 흑빛 먹구름 속에서 무서운 날벼락이 내려치는 듯한 선언을 하늘처럼 행해버리는 오빠를 보며 아버지는 어찌할 바를 모르신다. 나는 그런 오빠가 서운하고 아버지가 안쓰러워 더는 못 보겠다.

오빠의 그 권력이 바위처럼 굳건할 것 같다. 내가 할 수 있는 게 아무것도 없을 것 같고 너무나 큰 폭풍우 속에서 나 또한 아버지에게 받쳐 드려야 할 우산을 마련할 수 있을 것 같지 않다. 이제 나의 아버지는 어떻게 해야 하나. 처절한 이 길을 혼자서 힘없이 얼마나 돌고 또 돌아야 끝이 날까.

아버지의 사위가 될 청년이 아버지와 아버지의 여인 그리고 나, 사슴 같은 세 사람을 금산사로 인도한다. 포니 택시를 불러 탔다. 중후하게 균형 잡힌 한옥들 사이 은행나무골목을 지나고 모두의 마음을 한줄기로 모으듯 유유히 흐르는 전천의 남천교와 그 천변을 노니는 교동을 지나고 있다. 아버지를 위로해 드리자며 딸의 데이트에 아버지가 초대되었다. 아버지와 다시 금산사에 가고 있다. 내일 지구에 어떤 일이 벌어질 것이어도 아버지의 지금은 밝은 미소가 온 얼굴에 퍼진다.

금산사, 가슴이 미어지듯 양 길목에 버티며 꽃을 피어주는 늙은 벚나무들의 꽃과 나지막히 피고 지는 오밀조밀한 야생화, 잎도 없이 당당히 피어 온 세상을 연분홍으로 물들일 듯한 진달래, 우리의 행복이 충만하기에 안성맞춤이다. 어느 산처럼 화려하지는 않으나 어머니 같은 안온함이 특히 아버지를 온유하게 감싸준다. 벚꽃 길 오솔길을 지나 미륵전에 모셔진 웅장한 미륵불상 앞에 섰다. 선한 세상을 염원하는 듯한 그 미륵불상 앞에서 이 두 분은 많은 시간을 정좌하고 무슨 기도를 했을까.

편편히 천왕문이 저만치 보이고, 어두움처럼 나지막이 의연한 홍예 모양의 석성문, 그 앞에 아버지가 가던 걸음을 멈춘다.

　뿌리를 내리고 잎을 펼, 꽃을 피울, 한줌의 흙도 없는 이 틈새에 한 그루 노란 민들레꽃이 화사하게 피어있다. 이 꽃, 쟁기와 한 몸이 되어 새끼들을 온 사람으로 만들기 위해 묵묵히 소고삐를 그러쥐고 애썼던 그 세월, 그 논두렁에 지천으로 피우며 아버지를 위로해 주었던 그 꽃, 이 꽃이 어디서부터 왔단 말인가. 무릎을 굽히시고 다시 안으며 자연의 섭리를 새긴다.

　좋은 우리들의 시간을 마무리하라 하고, 가야하는 해가 기울고 있다.

서로의 아쉬움을 표하지 못한 채 버릴 감정 없이 묵묵히 걷고 계신 아름다운 이 노년의 커플을 금산사 초입의 음식점으로 모셨다. 뽀얗게 우려낸 설렁탕이 아버지의 가슴을 따스하게 위로할 것 같다. 시지 않게 잘 곰삭은 깍두기를 서로에게 얹어 주며 정다운 가족처럼 식사를 했다.

　행복할 수도 쓸쓸할 수도 없는 우리, 서로의 아쉬움을 표하지 못하고 묵묵히 걷고 있다. 아버지의 표정이 비감으로 흐르고 하늘의 섭리가 우주만물을 움직이듯, 그렇게 아버지는 새 사람과의 인생을 접으려 하는 듯 우리를 가라 하고 꽃다방으로 들어가셨다.

　그리고 돌아와, 설계했던 그 그림 같은 집, 그 집은 따로 힘들게 살아가고 있는 아버지의 가장 아픈 손가락, 아픈 혈육, 큰아들 내외에게 돌리셨다.

　봄이면 흐드러지게 목련화가 피고 아이들 뛰노는 소리가 아버지 온 가슴을 채울 초등학교, 손주 같은 아이들이 하늘을 가릴 듯 뛰노는 곳, 해처럼 떠 있는 치문 학교를 벗 삼아 의연하게 피어있는 목련화, 그 아래 아버지의 방을 마련하셨다.

　나도 아버지가 아니기에 그 서러운 감정을 모른 채로 어린 조카의 그 감정처럼 한번 크게 눈물, 콧물을 닦으며 잊으시리라 믿고 싶다.

# 이 별 그 후

아버지와 연인은 금산사 초입의 꽃다방에서 자신들의 인연이 여기까지라고, 사랑함은 이제 그만돼야 한다고, 그 슬픈 얘기들을 어떻게 마무리하고 돌아왔을까.

노랑나비 같기도 하고 목련화 같기도 했던 아버지의 그 여인, 그 날 이후에도 여전히 이웃의 밥집에서 변함없이 일했고 아버지의 일상 또한 변함없이 윤이 나는 듯 오고 가고 여전히 미소가 흘렀다. 그러던 어느 날 정읍댁 아주머니가 종지부를 찍듯 짐을 꾸려 아들과 함께 아들의 집, 손주 곁으로 갔다. 어디에 있든 밥 거르지 말고 건강하시길 빈다며 냉정으로 포장한 손을 마주잡아 주며 뜨거운 정을 놓고 떠났다.

그 뒤 아버지는 수평선만 보이는 망망대해에 덩그러니 혼자 남겨진 어린 새처럼 고개를 숙인 초췌한 그림처럼 초점 없이 그 밥집 앞을 서성였다.

나의 어머니. 암 투병 중이었던 어머니와의 이별. 밤이면 밤마다 암의 요인들과 싸우며 나를 얼른 이 고통 속에서 벗어나게 해달라며 사약을 달라고 보챘었다. 남편을 향해 사랑의 언어 대신 고함을 쳐대던 아버지가 사랑해야 할 어머니였다. 결국은 가기로 예정된 채였던 시한부였던 그 이별과는 달랐다. 너무나 처절한 슬픔이 온 집안을 까맣게 드리웠었고 생을 다한 듯한 지붕 밑, 손을 대면 부스러질 것 같은 서까래 같기도 했으니까. 남아 있는 고독과 남겨진 책임, 어린 사랑의 증거물들을 키우며 싸워야 할 삶의 고통을 흔쾌히 짊어질 것을 아버지는 다짐했을 것이다. 그리고 어쩌면 어머니보다 더 빨리 날마다 걷고 있는 어머니의 고통, 그 가시밭 속을 벗어나게 해줬던 이별에 감사했을 것이다.

그 이별과는 사뭇 달라보였고 더 힘들어 보였다. 무심한 얼굴로 점방에 앉았다, 섰다, 손님이 와도, 물건을 찾아도, 새우깡을 달라는 사람에게 보름달 빵을 집어주고, 샤브레 비스킷을 찾는 이에게 맛동산을 집어주며 허둥댔다. 그런가 하면 동네 어르신들을 불러 소주에 써니텐을 섞어 낮술을 주거니 받거니 권주가까지 부르며 노세 노세를 읊조리셨다. 안주라고는 새우깡도 버터링쿠키도 아닌 먹다 남은 라면을 튀긴 듯한 뽀빠이 과자, 그것들을 힘차게 부수어댈 뿐이었다. 아버지가 아버지를 어찌하지 못하고 점빵 안에서 이리저리 발 뒤축만 괴롭히신다. 해가 지고 떠오름에 더 이상 구분이 없으며 여름 한낮 더위에 지친 그림이었다. 퍼석퍼석 메마른 바위 위에 붙어있는 마른 미역 한 줄기처럼 그렇게 견디고 계셨다.

딸인 나는, 퇴근길 골목어귀에 다다라야 저기 아버지가 보이는 듯 그때야 아버지가 이 세상에 있었고 살아 움직이기 시작했다. 아버지가 어떻게 하고 계실까 궁금했다. 슬픔에 빠져 식음을 전폐하고 계실지, 아니면 더 충격적으로 어디론가 가출을 해버렸을지 집이 가까워올수록 발걸음만 쿵쾅거렸다.

그러기를 얼마나 지났을까. 아침 일찍 집을 나가신다. 입성을 챙기지도 갈아입지도 않으시고 그대로 나가셨다. 딸이 출근하며 불러도, 길을 막고 물어도, 들은 체를 하지 않으신다. 총총히 걸어 어느새 보이지가 않는다.

해가 진 후 둥지로 돌아온 새처럼 다시 내게 먹이를 주듯 말씀하시며 웃는다.

"우리 공세완 보러 다녀왔다!"

공세완! 그 옛날 아버지가 술이 거나하게 취하시고 행복이 내려와 앉아 스스럼이 없을 때 그렇게 부르며 어머니를 안았었다. 늘 묵직한 사랑이었던 어머니. 미안해서였을까. 항상 그 자리에 있어 주는 추억이 그리워서였을까, 그렇게 혼자서 3일을 공세완에게 떠났다가 오셨다.

아버지도 우리처럼 사랑하는 사람이, 눈을 감을 수 없을 만큼 보고 싶고, 그립고, 손도 마주 잡고 같이 웃고도 싶을 텐데. 그리워 잠 못 들고 베갯잇에 얼굴을 묻고 펑펑 울고도 싶을 텐데. 남자다움인가, 초인인가, 냉철함인가, 슬픔을 접으신 것만 같다. 내려진 눈꼬리는 생기가 없고 눈꺼풀이 젖은 채로 웃고 있는 눈, 경직된 볼에 노을이 졌다. 나는 어른인 아버지에게는 온통 마음을 흔들어 놓는 사랑도 없고 또 죽을 것 같은 이별도 없는 것인 줄 알았다. 아버지의 슬픔을 나와는 무관한 것으로 모른 척하고 싶었다.

아버지는 어제와 그제와 똑같은 모습으로 과자봉지의 먼지를 털고 라면을 팔며 드나드는 이웃들과 다시 미소를 보낸다.

아버지의 사적인 감정들은 이제 더는 없고 아버지 안의 어두움을 알 필요가 없는 듯 일상들은 쉴 없이 오고 간다.

아버지가 책상 앞에 앉으셨다. '사랑의 테마' 음악은 무심히 흐르고 유리창 너머의 세상과 밤하늘의 별들도 너무나 티 없이 아름답다.

가고 오고 길옆에 피어있던 꽃도 회색빛이었던 주변의 모든 것들도 모두 위로하는 듯 잔잔한 호수구나.
내일은 무엇을 꿈꾸고 무엇을 하나.
어디서 만나게 될까, 가슴 설레던 그 생각들은 또 무엇으로 채우나.
나의 존재를 하늘과 땅에 묻고 또 묻는다.
그대를 만나기 전, 사랑이라는 것은 나의 일이 아니었고 먼 산이었는데 이제는 그 멀었던 산에 묻혀 버렸네.
무엇이 사랑이어야 하는지.
둘러싸고 있는 모든 것들이 위로를 하네.
그러나
"그대에게 '미안하다, 미안하다' 수없이 해야 하는 그 말들에 어찌할 수 없어 감흥만으로 불러봅니다. 사랑했었고 어디에 있든 행복하십시오."

돌담 너머의 아버지를 만나다

128

# 목천포 다리 위에 서다

잠시 목련화처럼 숭고하게 진달래처럼 화사하게 꿈같았던 아버지의 삶, 사랑하는 사람을 보내고 평범한 일상으로 돌아온 듯 고요했다. 좁쌀만 한 개미가 자기보다 더 큰 밥 한 톨을 짊어지고도 버겁지 않은 양 열심히 어딘가를 향해 가고 또 온다. 우주자연의 일원이 되어 움직이고 있는 모습을 물끄러미 보고 계신 아버지가 편해보였다.

새로 마련된 아버지의 새 방, 동이 트려고 선한 빛이 창가에
와 있다. 옛날 우그러진 냄비에 손칼국수를 끓여 세상을 놓아
버리고 싶어 하던 딸에게 먹였을 때처럼 그렇게 다시 일어나시
는 것 같다. 정갈하게 마련된 새 이부자리를 네모지게 귀를 맞
추어 반듯하게 개어 정리를 하고 방문을 밀고 나가신다.

"목천포 다리에나 함께 가 볼까?"

아버지는 건성으로 내게 물어보셨다.

이 얼마만인가. 아버지의 새로운 거처에 따라와 아버지 곁에
서 함께 하루를 보내고 나도 아버지를 따라 나섰다. 집 앞에
치문초등학교가 건강한 기운을 가져온 것 같다. 익숙한 학교
담벼락에 기대어도 보고 쓰다듬어도 보며 밭두렁 논두렁을 지
나 찬 이슬을 밟으며 걷는다. 이렇게 인생이 다시 시작되는 것
같다. 무슨 말을 해야 할지 몰라 나도 그저 뒤 따라 묵묵히 걸
었다.

학교 앞 송알송알 조잘대는, 꽃처럼 예쁜 어린아이들이 몰려
오며 둘이서, 셋이서 멈춤 없이 내달아 학교 안으로 달려간다.
아버지는 그 아이들을 보시며 바위 같던 암울한 모든 것들이
깃털처럼 가벼워지는 듯 옆을 보고 앞을 보고 빙긋이 웃으신
다. 다행이다.

어디에 있든 몸 성히 잘 있으라며 손을 꼭 잡아줬다던 그녀, 아버지를 이해하며 떠나준 그 사람이 눈앞에 선히 보이는지 옷 깃을 세우고 구겨져 허술한 입성을 매만지시며 표정을 고르신 다. 어느새 곁에서 나란히 걷는 정겨운 걸음걸이로 변해 있다. 한동안 그래 주시려나. 시간이 지나면 잊히려나. 망각이라는 것 이 모든 것을 치유시켜주시려나.

좁은 논두렁길, 아버지 젊은 시절 쟁기를 둘러메고 논둑길을 누빌 때 늘 같이 했던 독새기풀이 있고, 싸랑부리가 있고, 토끼 풀이 있고, 민들레꽃 봉우리가 하얀 듯 노랗게 주먹을 쥐고 있 다. 잔잔한 꽃길을 지나니 웽웽 즐거이 사람들을 싣고, 짐을 실 은 트럭들이 놀이를 하듯 힘차게 달리는 큰길 가. 아버지도 어 느새 온 사람이 된 듯 어께를 펴고 걷고 있다.

유강리 동자포 삼거리, 반듯하게 이곳의 질서를 다 책임질 양 서 있는 검문소를 건너서 목천포 다리에 섰다. 나도 새 삶이 시 작된 듯 참으로 오랜만에 아버지의 뒤를 따라 다리위에 섰다.

고향 같은 다리는 묵묵히 많은 세월을 겪으며 갖가지 사연들 을 품고 상처들이 보이지만 우람하게 서 있다. 원래 타고나기를 거친 모양새이나 온갖 풍랑에 더 서걱서걱해진 다리가 고목처 럼 중후하여 정감이 가시나 보다. 거친 손으로 쓰다듬으며 마 음을 고르는 듯하다.

외롭고 허망한 아버지가 올라서 있는 목천포 다리. 이 또한 한때는 만경강의 한 굽이에서 제법 위용을 자랑했었다. 그러나 지금 아무도 봐주지 않는 강변에서, 작은 민들레가, 할미꽃이 저희들끼리 얼싸안고 화사하다. 교각 아래, 맑고 유한 만경의 물이, 한때 아버지가 누볐던 만경의 평야를 몰고 흐른다.

아버지 가슴에도 꽃처럼 평화가 왔으면 좋겠다. 외롭고 그리운 비극의 감정들을 다독이며 강에 비친 이 다리의 강인함을 보았듯이 이제 이 다리의 끝을 돌아 티 없는 아이들의 함성 속으로 돌아가실 것을 믿는다.

# 내가 가야 할 길

아버지가 받은 이별의 상처는 갈라졌던 물길이 합수되어 풍요로워지듯 흔적 없이 고요하다.

나는 봄날 새싹이 돋아나듯 우리의 사랑에 신비를 더해 갔다. 그와 함께 하루가 시작되고 화사한 하루들이 갔다. 그의 나이 스물넷, 적당한 키에 호리호리한 체격이고 부드러운 목소리를 가졌다. 겸손하고 과묵하면서도 유머러스한 그의 진심 어린 성품은 깊은 열등감으로 가득했었던 나를 늘 웃게 했다. 나를 보는 눈은 매와도 같고 선한 양과도 같아 나를 더욱 매료시켰다.

그는 가벼운 원피스 차림으로 그가 근무하는 관공서 정문을 통과하는 나의 모습을 처음 본 순간 숨이 멎을 것 같았다고 하며 사랑해주었다. 각자 맡은 일 속에서도 틈만 나면 만났고, 매일 만날 수 있기만을 기다리며 시간을 보냈다. 날아오를 땐 어깨를 나란히 하여 날고, 밤이 깊어지면 서로 감싸며 몸짓하는 한 쌍의 원앙새와 같이 행복했다. 나를 반기지 않는 세상의 모든 것들은 물러가 버렸다. 양파처럼 싸고 또 싸였던 암울한 나의 실체는 밝게 빛나는 행복한 빛으로 변하여, 밝고 투명한 정상적인 한 '사람'이 되어갔다.


내가 사랑하는 그 사람. 아버지의 뜻을 따라 공무원 생활에 성실한 막내아들이다. 그 아들이 사랑에 빠진 듯 연애편지가 쌓여가는 것을 아버지가 알아버렸다. 그것을 들고 상대방 아가씨가 근무하고 있는 사무실에 들러 확인을 하고 집에 돌아간 그의 아버지, 한 고을의 군주처럼 강하고 손이 귀한 가정의 독자이신 아버지께서는 혼사를 서둘렀다. 서로 양가 어른들을 보자며 처녀의 부모는 어떤 사람인지 물었을 것이다. 아들은 거짓 없이 홀아버지의 딸이라고 스스럼없이 말했고 어미 없는 여식이란 말에 충격을 받은 것 같다. 아들의 결혼을 극구 반대하기 시작하신 것이다. 어머니의 염원도 없이 홀아비 밑에서 무엇을 배우며 익혔겠느냐는 것이다. 나의 아버지를 나무라는 듯한 그 충격적인 소식, 아버지와 무관하기를 염원해 보지만 이 분노해야 할 딸의 슬픈 소식이, 아버지에게 또 밀려서 갔다. 혼자서 자식을 키우는 것이 이처럼 애통한 것이고 처량한 것인가.

부모, 아버지의 인생은 자취도 없고 자식의 문제로 어두움이 깔린다. 어미 없는 홀아비의 딸이어서 며느리로 맞을 수 없다는, 딸의 연인 아버지의 굳건한 반대가 시작되었다. 사돈의 마음 안에 있는 그 편견을, 그 거센 파도를 어떻게 해야 한단 말인가. 끝없이 밀려오는 파도에 순응하며 순종하듯 아버지의 수심은 다시 깊어만 갔다.

"미안하구나. 니가 무슨 죄가 있다고. 너의 긴장되었던 삶을 겪지 않고 어떻게 알까. 그러나 그분은 그럴 만도 하고 니 잘못도 아니니 언젠가는 매듭이 풀릴 것이다. 기다려 보자."

아버지는 죄인이라도 된 듯 마음 안의 고통이란 없는 듯 그저 건성으로 내 생각과는 상관없이 침착하시다. 그저 눈을 뜨고 감으며 지내셨다. 아버지는 성실하고 착한 듯한, 무엇보다 딸이 좋아하는 그 청년을 좋아하셨다. 더욱이 시골에 양부모가 확실하게 계시는 모습이 더욱 믿음이 가고 좋다고 했었다.

그 믿음이 가고 좋은 것, 그것이 우리에게는 고통이 되어서 돌아왔다. 스무 해가 넘도록 용케도 살아온 나에게 그 홀아비의 딸이어서 싫다고 한다. 어머니가 없는 것, 그 고독함 때문에 아팠었는데 그 아버지께서는 같이 아파해 줄 수가 없다는 것이다.


결혼을 반대하는 부친의 엄명으로 고민하던 그의 부름을 받고 다방에 들어갔다. 잰걸음으로 가 반가운 사람이 있으나 혼자가 아니고 그 옆에 어떤 여성이 앉아있다. 그녀는 앞에 서 있는 나를 위아래로 천천히, 아주 자세하게 경직된 시선으로 보고 있었다. 그러다 자신을 누나라고 소개했다. 예고도 없이 이 어려운 자리에 초대된 나는 갑작스러움과 평가를 받고 있다는 당황스러움에 몸 둘 바를 몰랐다. 위기에 처한 것 같은 황당한 상황에, 이미 화가 치밀었으나 잔잔히 숨을 고르고, 얼굴은 숨김없이 상기되었겠지만 애써 사랑스럽게 조신하게 인사했다. 그리고 시켜준 차를 조용히 마시며 정다운 듯 얘기를 했지만 그때 나는 이미 이 자리를 벗어나기로 생각했다. 순한 양처럼 따스한 눈빛으로 침묵하다가 예시도 없이 일어나 그 당황스러운 장소에서 나와 버렸다. 그는 내게 이 상황을 미리 말하면 안 될 것 같아서, 누나에게, 아버지의 반대에 구원을 요청할 생각이 앞서서, 나를 이런 곤경에 빠뜨렸다고 온유하게 따뜻한 표정으로 설명을 하는데도 그를 놓고 나만 나왔다.

항상 초라한 나였지만 그날 그 장소에서 나는 너무나 초라해서 눈물이 났다. 부재한 어머니한테 배우지 않았어도, 어머니의 단속이 없었어도, 내가 알아서 번듯하게 입성을 갖춰 입고, 추레하지 않게, 당당하게, 가장 예쁘게 갔어야 했다. 그러나 가장 왜소하게, 가장 추레하게 그 어렵기만 한 아버지의 딸, 그녀 앞에 준비 없이 갔던 것이다. 혼자인 아버지를 욕되게 한 것 같아 너무나 화가 났다. 찻집의 문턱을 넘으며 쏟아지는 눈물을 달래보지만 달래지지 않는다. 천천히 걸었다. 양옆에 보이는 담장들도, 양옆에 늘어선 화려한 5월의 꽃들도 나를 보며 애잔히 눈들을 꼭 감아버렸다. 눈물은 더욱 세차게 나를 외로움으로 몰아넣었고 어이없게도, 돌아서 가보자고 하는 그 사랑의 저편에서 나는 이별을 결심했다. 스스로 늪에 빠져버렸다.

사랑이 그 정도밖에 안 되냐, 뭐냐, 그 차원이 아니다. 왠지 그렇게 해야 할 것 같았다.

내가 지극히 도덕적이어서, 반대하는 아버지에 대한 불효 때문에 괴로워하는 그 사람을 사랑하기에 헤어지는 것이 아니다.

나를, 나의 아버지를, 이해하지 못하는 듯함에 분노했고 아픈 상처에 또 상처가 날까 봐 두려웠다. 상처뿐인 나에게 조금밖에 남아 있지 않은 자존심, 그것마저 사라져 버릴 것 같아서 스물다섯의 나는 헤어지기로 결심했다. 그리움과 사랑이 내게는 호강이었다.

그와 행복했던 시간들이 언제였었냐는 듯 나는 다시 투쟁하는 삶으로 회귀했다. 웃음이 멈췄고 그리움과 사랑이 자취를 감추었다. 슬픔에 면역이 되어 익숙한 줄 알았던 나도 그 면역이 길을 잃었다. 각오가 돼 있었던 이별의 슬픔은 컸고 이제는 살 수 없을 것 같았다.

그는 며칠째 출근 시간과 퇴근 시간에 맞춰 내 앞에 서 있었고 그 또한 팔을 잡아채거나 사랑의 말로 설득하지 않고 그저 길을 가로막은 채 순수하게 내가 그의 가슴에 안겨주기만을 대나무처럼 서서 기다리고 기다렸다. 그의 눈빛은 내 가슴에 석고대죄로 위로하는 듯 변함이 없었다. 나는 바위인 채로 그대로였다. 그는 지쳤을까 아니면 자책이었을까, 어느 날 휴직계를 내고 단기 훈련병, 방위병에 자원입대하여 산골 오지로 가 버렸다. 그는 이제 기다려 주지도 않았고 내 곁에도 없다. 퇴근 후 허깨비처럼 집에 와 다른 집기들처럼 그 자리에, 나도 섞여 있다. 아버지가 곁에 있으나 그 재잘대던 수많은 말들이 사라졌고 멍하니 두 손이 있어야 할 자리, 두 눈이 보아야 할 자리조차 모르며 그 예전처럼 아버지의 옷을 훨훨 빨고 아버지의 밥상에 수저를 놓을 뿐이다.

그것들을 아버지는 다 보고 있었다. 잘나가는 사업가가 된 오빠는 박봉의 공무원과 결혼하여 어찌 살겠냐며 진정 동생을 위하며 그 결혼에 반대했다. 아들의 충고에도 아버지는 흔들림 없이 좋아했던 청년이었다. 아쉬움을 보다 못한 아버지는 처음으로 눈에 불이 있었고 손은 잔잔히 떨린 채 나를 향해 일침을 놓으셨다.

"너를 지켜보고 있으려니 어쭙잖게 거만하고 오만하여 더는 못 보겠다. 사람을 한번 믿기로 했으면 믿어야지. 내 보니 그 사람이 해결할 것인데. 너 스스로 그 편견을 인정하는 꼴이 아니고 뭐란 말이냐. 늦기 전에 찾아가 보아라. 애먼 사람 애먹이지 말고 그렇게 바위처럼 굴 것이면 차라리 산에 올라가 너 혼자 살든가. 제발 튀지 말고 순리대로 살아가란 말이다."

그럼에도 요지부동인 나의 어처구니없음에 대해 다시 말씀하셨다.

"속을 다 뒤집어 보이며 살 수는 없으나 노력은 해봐야지. 그리고 일이란 다 때가 있는 법, 니가 용기를 못 내겠거든 내가 가봐야겠다."

아버지는 어머니의 원앙새가 장대히 수놓아진 횃대포를 젖히고 입성을 챙기셨다. 떨리며 헤집는 아버지의 손을 따라 내 자존심을 더욱 밟듯 스치는 아버지의 옷들이 너무나 추레하다. 그 아래 외로움으로 주렁주렁 있다. 외로운 아버지의 추레함들이 반추되어 나를 본다. 다 놓아야 할 것 같다. 너무나 작은 모습의 나와 너무나 어쭙잖게 거만하고 오만한 나의 거추장스러움을 선명히 벗어던지고, 아버지의 뜻을 따라 내가 가야 할 길을 가야 하리라.

2장_ 바람과 나무의 노래

# 나의 길,
## 그리움에 맡기다

꽃들이 조물조물 피어나듯 재잘거리며 수다를 떨고, 형설의 공을 외치며 책을 읽고, 심오한 고뇌에도 빠져보는 하얀 교복 속의 아직 충분히 성숙하지 않은 열다섯 살의 소녀. 하얀 눈을 맞으며 시를 읊조리고 수줍은 사랑을 노래하며 순진무구했던 그 해 겨울, 나의 어머니는 허망하게 떠나셨다.

아무 일이 없는 것처럼 외롭지 않고 슬프지 않은 것처럼 의연하게 살기 위해 애쓰며 살았다. 자연의 공평함인지 그 땅 위에도 흔적 없이 어김없이 해는 떠 주었고 그 양분을 받아 찬물결을 헤치며 우리는 살아냈다. 그런데 내가 사랑하는 사람의 지엄하신 아버님께서 지금, 그 어머니가 없어서, 홀아버지의 딸이어서, 그의 가족으로 맞을 수 없다고 선언하셨다. 한겨울 찬바람 속에서 길을 잃은 새처럼 날개를 접고 웅크릴 수밖에 어떻게 한단 말인가.

갈 것 같지 않던 그 추운 겨울이 가고 진달래, 개나리 흐드러지게 피는 봄이다. 살을 에이는 듯한 추위 속에 나를 놓고 갈 수밖에 없었던 어머니를 떠올려 본다. 어머니를 그리워하거나 왜 이런 운명이 나에게 찾아왔을까 원망하지 않으며 살기 위해 애쓰며 살았던 것 같다. 그래 봐야 아무 소용이 없을 테니까. 그러나 지금, 지금은 한마디의 위로와 용기를 주는 어머니가 사무치게 보고 싶다.

나보다 더 어머니가 그리울 아버지가 나 때문에 애간장을 태우다 비장하시다.

"헛된 감정에 휘둘려 인생을 낭비하지 마라. 너만 해결되면 나는 유강리로 가서 흐드러지게 피는 목련꽃 아래 초연히 숨 쉬며 살고 싶다. 그 이름도 다 뜻이 있을 것이니 손 놓지 말고 애써 봐라. 너 스스로 벽을 쌓고, 위축되어 세상을 겁내고⋯. 세상 밖으로 나오기를 겁내지 마라. 너를 보면 안타까워 못 보겠구나.”

아버지는 그가 보이지 않는 시간 딸의 눈치를 살피며 용기를 북돋는 데 온힘을 쏟으셨다.

예쁘고, 자신감에 차서 의젓하며, 온순하고, 아버지 곁에 있으면 정말 나는 그런 사람이었다. 아버지는 딸과의 결혼을 반대하는 그 청년의 부모님들에게 “나도 그 입장이 되면 그랬을 것.”이라며 잔잔한 일상을 보내고 계셨다. 아버지인들 누구보다 사랑하는 딸에게 내려진 이 불합리하고 편견에 가득한 결론에 왜 분노가 없었을까. 상처뿐인 딸을 그 외로움 속에서 나오기를, 더 큰 아버지의 고독으로 감싸고 희망하며 그 청년의 훈련이 끝나기만을 기다렸다. 그가 있었던 가늠조차 할 수 없는 평화의 세상은 유리창에 있었던 입김처럼 흔적 없이 사라져 버렸다. 얼어붙은 깊은 겨울 같은 한기와 불태워 소멸시킬 것 같은 분노만이 밀려와 있었다.

그는 대한민국 국민인 남성으로서 헌법과 이 법에서 정하는 바에 따라 병역의무를 성실히 수행하고 있었다. 훈련을 어떻게 견디고 있을까. 하루하루 눈이 쌓이듯 그리움이었던 그가 고된 훈련이 끝난 것 같다. 부정하며 하루하루 가는 날을 세었던 8

주 훈련이 끝났을 즈음부터 편지가 오기 시작했다. 새로운 근무지로 배치를 받았다며 독한 훈련이 끝나고 주어진 여유, 오히려 그 여유가 그를 괴롭힌다고도 써있다. 저 혼자 요동치며 지냈던 나와는 상관없이 요지부동이고 바위인 그에게 나는 파도였었나 보다.

아버지의 염원일까. 나의 그리움의 끝이었을까. 나의 수줍은 겸손이 함께했던 오만의 어리석음과 헤어졌을까. 퇴근 후 나는 무작정 편지를 들고 그가 근무 중이라는 부대행 버스를 탔다. 내게 장애물이었던 얼음을 깨고 나의 자긍심을 심어준 그 사람이 너무나 보고 싶어서, 그리고 내 삶을 살아가야 하겠기에, 아버지의 나무람을 등에 업고 내가 가야 할 길을 선택하여 찾아나선 것이다. 편지를 쓰고 답장을 받고 그런 절차를 밟아야 하겠으나 그러나 갑자기 급해졌고 그날 봐야만 했다. 급히 연락할 통신수단이 없으나 그를 볼 수 있을 것이라는 그 한 가지 소망을 품고 버스에 올랐다. 이제 다른 모든 생각들은 다 괜찮기로 했다.

어깨를 부딪치며 친숙했던 사람들의 거리, 시내 병무청 오거리를 벗어나 늠름히 뻗은 팔달로를 지나 아버지가 이별의 슬픔을 안고 같이 흘렀던 곳, 전주천이 흐르는 싸전다리를 건너가고 있다. 분노와 외로움으로 눈물짓던 나의 마음이 달래졌고 모든 것들이 따뜻한 품인 것처럼 안정감으로 흘렀다. 점점 해는 밤으로 나를 인도하여 갔고 까만 터널로, 터널로 빠져 들어가듯 명랑했던 문명의 도로가 끝났으며 어두워진 산으로, 산으로 씩씩하게 달리고 있다. 두려울 것 없는 칠흑 같은 밤의 우주 속에 옥녀동천이 나를 반기고 제목천이 받아 넘겨 산 속에 환히 빛나는 불빛, 나를 환영하는 듯 빛의 터널이 내게 경례를 한다. 경직된 보초병이 보이고 그 앞에 차가 정차했다. 신덕지서 앞이었다. 처음 그를 만나 무슨 얘기를 해야 하나. 가끔씩 차가운 이성의 눈매가 떠올라 다시 위축되는 내 안의 두려움이 몰려오기도 하나 그러나 이 이치는 어김없이 그곳에 나를 내려놓았다. 잠깐 내려 얼굴만 보고 그 따스했던 손을 한번만 잡아보고 가리라. 이 칠흑 같은 밤, 남성들의 구역에 하얀 얼굴을 하고 유령처럼 긴 생머리를 숙이며 초췌해진 한 여성이 들어가니 사람이 맞느냐고 묻는다.

"○○병 최○○를 찾아 면회를 왔습니다…."

생각해보니 탱크가 돌진하여 가듯 그렇게 간 것 같다. 그는 거기에 없었다. 그곳에서 행정병으로 교대 근무하고 있으나 오늘은 퇴근하여 시골 부모님 집에 가고 없단다. 내가 놀란 토끼처럼 보였나 보다. 걱정하지 말라며 나를 긴 의자에 앉히고, 보고 있으려니 군인 아닌 어떤 여성이 이 밤에 침입하여 비상이 걸린 듯 분주하다. 군 상관께서 어디론가 전화를 한다. 두메산 골인 그의 집 옆, 이장님 직통전화선으로 비상전화를 한 것이다. 그리고 나의 그는 이장님의 확성기 방송에서 울려 퍼지는 '최○○병의 긴급소집명령'을 부모님과 함께 듣게 됐다. 당연히 그의 부모님은 아들이 무슨 일을 저질렀는지 놀랐고 그는 뛰어가 비상전화를 받고 집에 돌아왔다. 그리고 돌아온 아들은 어처구니없이 사랑하는, 아버지가 극구 반대하고 있는 그 한 여자 때문에 야심한 이 밤 부대로 복귀해야 한다고 했다. 아버지의 얼굴은 싸늘해졌고 "이 깜깜한 밤 섬칫한 공동묘지를 지나야 하며 긴 논둑길과 밭길을 지나 깊은 산속 숲길을 걸어서 가야하는 데도 갈 것이냐?"며 말렸다. 그러나 그는 이미 양말을 신고 옷을 두둑히 챙겨 입고 있었다. 운명 같이 비장한 아들의 행동에 아버지는 더 이상 말릴 수도, 말려서는 안 되겠음으로 체념하셨을 것이다. 얼굴을 붉힌 채 홍분하여 있는 아들의 손에 손전등을 쥐어주며 아들의 결심을 보았고 그저 뛰쳐나가는 아들의 뒷모습을 허탈하게 보고 있을 뿐이었다.

저기 저 뒤도 돌아보지 않고 뛰쳐나가는 청년이 내 아들인가. 불안한 미래의 며느리감을 반대했음이 아비의 행복이 아니라 아들의 행복을 위함이니 순종하여 주기를 바랐었는데 너무나 부질없어졌음이 남처럼 낯이 설고, 마음을 아프게 한다. 그리고 많은 아버지들처럼 하염없이 젖어오는 생의 무상함이랄까.

"앞으로는 아들에게 지는 삶을 살아야 하겠구나."

온 밤, 잠을 설치며 허망한 바람과 함께 뜬눈으로 지새며 또 다른 아버지와 장성한 아들의 우주를 설계했다.

아들은 칠흑 같은 밤, 오궁리 부친의 대문을 빛처럼 빠져 나와 늘 철없음도 소리 없이 묵과해주었던 다리를 건너 응원하듯 새침한 논둑길, 밭둑길을 손전등 하나에 의지하며 기뻐서 뛰었다고 한다. 그 온유한 논둑길과 밭의 언저리를 지나 산사람을 시험하듯 으스스한 공동묘지 길을 지나 멀리 샛별처럼 빛나주었던 내가 타고 간, 국가에서 불러준 나의 택시를 공동묘지 길 삼거리에서 만났다. 그가 내 옆으로 왔다. 저 하늘에서 화려하게 터지고 빛나던 불꽃놀이의 불꽃이 터지 듯 택시 안의 나는 타 없어질 것 같았다. 손을 잡아야 하나. 얼굴을 부비며 뜨거운 가슴을 푸른 들녘에 퍼붓 그렇게 펼치며 갇혔던 그리움을 다 소진해야 하나. 아니면…. 그 사이 가장 빛나던 별 하나가 내게 떨어져 뜨겁던 내 가슴에 앉아주었다. 그리고 어찌할 줄 모르는 나를 향해, 어떻게 이런 기특한 생각을 했냐며 나의 그립고 미안한 마음에 꽃씨를 뿌리며 웃어줬다. 무거운 고뇌가 사라지고 나를 괴롭히고 그를 괴롭혔던 시간들에게 겸연

찍었다.

병풍처럼 펼쳐진 경이로운 깜깜한 자연이 내 어깨를 들썩이도록 부추겼다. 그리고 그는 구름이 되어 소리 없이 내 손을 잡았다. 따뜻한 손의 온기가 내 온몸을 통하여 흡수되듯 숨이 막혀 왔고 온통 혼돈의 세계로 휘몰아쳤다. 가당치 않게 이별을 통보했던 나의 오만을 보내며 산처럼 바위처럼 있어준 그의 손을 꼭 쥐었다. 내가 다시 태어났고 내가 곧 그가 되었다.

요동 없이 유유히 흘러준 살얼음 밑의 물처럼 그 밤 그는 나를 데리고 나의 집, 전주에 왔다.

# 두 아버지

어떻게 하면 저승의 월노(月老)께 애원하여
내세에 그대는 남편 되고 나는 아내가 되고
나 죽고 그대가 천 리 밖에 산다면
그대 나의 이 슬픈 마음을 알리라

− 추사 김정희,「부인을 잃고」

(사랑하는 아내를 잃은 자신의 애통한 마음은 아무도 헤아릴 수 없음을,
통곡을 대신한 시.)

어떤 원망도 품지 못하며 슬픔을 안고 사셨을 나의 아버지, 아내를 잃고 10여 년의 세월, 어떤 환경에서도 모든 것을 혼자 버텨내야 했던 아버지로서 참 외롭고 척박한, 비탈에 두 발을 딛고 사는 형상이었을 터였다. 비틀거리지 않고 물러서지 않으며 삶의 무거움을 견디고 사신 아버지.

아무 일도 없었던 듯 여전히 구멍가게의 주인이며 점원으로서, 아침에 눈 뜨면 일어나 세수하고 정갈한 셔츠를 입고 매일 출근을 한다. 빈 몸으로 고향을 등질 수밖에 없게 했던 둘째아들의 아버지에 대한 책임감과 사랑으로 마련된 곳, 오랜 세월 동행이 된 이 경원상회의 문을 연다. 생활필수품부터 수많은 과자와 성냥과 라면과 한 줌의 쌀, 연탄까지 작은 공간에 없는 게 없다. 자잘한 아버지 무대의 소품 같은 것들이 빈 아버지 가슴을 채운다. 그 소중한 것들에 쌓여가는 먼지들을 털기 위해 숱 많은 털이개로 손끝을 올리고 내리고 발꿈치를 들고 내리고 전문 무용수처럼 흔들어대며 삶을 깨운다. 오늘 아버지에게 오는 무수히 많을 잡다한 생각들을 정리하듯, 청량한 몸을 놀리며, 털고 또 털어낸다.

아버지 못지않게 가슴에 그늘 한 자락씩 가지고 있을 소박하게 어려운 이웃들, 같은 색깔로 살아줘서 고마운 사람들. 오늘 어떤 손님이 오더라도 최선을 다하여 맞으리라. 힘을 내어 텅 빈 아버지의 가슴 안에 무엇인가 들고 올 다정한 사람들을 기다린다. 그리고 수족처럼 소중한 아들과 딸의 출근을 배웅하며 다시 맞을 수 있다는 희망을 품을 수 있기에 긴 하루도 간다. 하루하루 늘 똑같은 이 당연한 것들과, 자연스러운 것들과 안위하며 함께 가 주는, 내게는 위대한 나의 아버지이다.

그 아버지가, 꼬인 딸의 혼사 앞에서 어쩔 줄 모른다. 손발이 묶여 버린 듯 헤어날 통로가 보이지 않아 살얼음판 위에서 긴 한숨만 쌓여간다. 그러나 흔들리는 의연함을 추스르는 듯 말씀하신다.

"더 이상의 추락은 없을 테지. 견딜 만큼 견뎠으니 이제 우리 앞의 그 독한 고단함은 끝내줘야 한다. 힘내라."

부모의 반대에도 서로 사랑하며 만나고 있는 청년을 믿는 듯 우렁차다. 한 여자의 아버지이다.


또 한 사람의 아버지.

지난밤 "그 처자는 결혼할 너의 짝이 아니다."라는 아버지의 만류에도 한밤중 그 여성에게 갔고 아버지 곁으로 돌아오지 않는 아들의 아버지. 배신 같은 분노보다 혈육의 정, 아버지의 사랑에 어쩔 수 없는 아버지가 있다.

"아, 이제 홀아비의 딸이어서, 본디 없는 딸이어서, 아들의 배우자로 나의 며느리로서 부적격하다는 지론은 접어야 하겠다. 두루 믿음직스럽게 성인이 된 아들의 뜻을 따라 혼사를 서둘러야겠다. 이제부터는 오로지 자식의 행복을 염두에 두고 다른 생각은 다 지워버려야겠다."

날이 새고 찬란하게 뜬 태양에 비친 푸석한 얼굴을 거친 손바닥으로 쓰다듬으며 마음을 다잡는다.

그리고 "옷장 안에 있는 제일 좋은 옷을 한번 꺼내봐 주시오." 하고 출타할 채비를 한다. 껄끄러운 밥상을 물리고 어젯밤 아들이 기쁨을 억누르며 힘주어 건넜을 그 샛강의 다리를 건너, 뿌듯하게 일구어 놓은 자신의 넓은 전답을 보며 걷는다. 자연스레 힘을 주는 걸음을 또박또박 옮기며 확장되어있는 힘을 확인하듯 활화산처럼 뒤엉킨 가슴을 쓸어내린다. 오밀조밀 야트막한 산봉우리가 마을을 요새처럼 둘러싸고 있는 오궁리 마을, 선조들이 대를 이어 뿌리를 내리고 살아온 곳, 멀리 선산의 조상님들께 응원을 요청해보며 실티재를 넘어 전주에 왔다.

큰아들 집이 있는 은행나무골목의 풍남동, 고택들이 규칙적이고 평온하고 따스하다. 이른 아침 문을 열고 들어서는 지엄하신 아버지를 보고 놀라 기립하는 두 아들에게 차례로 선언하듯 명령을 내린다. 무섭도록 엄한 한 고을의 촌장 같은 아버지, 조상을 먼저 생각했고, 자손들의 번영을 위해서라면 무엇이든 하고자 했던, 산골의 자녀들을 도시로 유학을 시키기 위해 최선을 다한 아버지, 아들의 장래에 돈 때문에 비굴하거나 비리를 저지르지 않기 위해 미래에 소요될 경제적인 부분까지 준비했던 분, 그렇게 완벽을 추구했던 분이다.

"큰애 너는 나랑 함께 갈 곳이 있다. 둘째 너는 어제 밤 너를 찾아온 그 처자가 사는 곳을 대거라. 그 아버지를 만나러 갈 것이다. 만나서 너희들의 결혼을 상의할 것이다."

그 밤 돌아오지 않았던 아들을 보며 그 처자를 반대하는 것을 취소했고 그저 남은 일, 조상께 예를 다 하기 위해 서두르는 일이 최선이라고 생각하신 것 같다. 온밤 뜬눈으로 지새우며 덮기로 했으니 덮고 이제 혼사를 치르는 일만 남았다. 조급해졌다.


큰아들을 대동하고 물어물어, 닫았던 문을 스스로 열어 주기 위해 홀로 외로웠을 처자의 아버지에게 갔다. 그 작은 가게 '경원상회'에서 소인국의 소박한 한 정상과 위대하고 늠름한 한 공화국의 정상처럼 만났다. 작은 한 구멍가게의 귀퉁이 보잘것없이 허름한 탁자 앞에서 만났다. 상대는 비서관인 듯 위엄 있고 듬직한 큰아들을 대동하고 왔다. 또 서툰 판단을 할까 봐서다. 한참을 인사도 못 하고 어리둥절 경직되어 서서 보고만 있다.

이 조촐한 상점의 주인, 영혼이 잔잔한 호수 같고 겉으로 보이는 부유함은 없으나 비굴하지 않으며 떨림 없이 초연한 부드러운 한 남자, 눈은 우주 속의 빛나는 행성 같고 당황하는 기색 없이 의연하고 따뜻이 웃어주는 한 남자, 처자의 아버지가 앞에 있다. 작은 소명 안에서 좁다고 투덜대지 않는 남자, 나의 아버지.

"임실 오궁리에서 온 최○○의 아비 최○○올시다. 초면에 실례를 무릅쓰고 이렇게 찾아왔습니다."

당황스러운 침묵이 잠시 흘렀으나 곧 서릿발 같은 벽은 무너지고 갑작스런 칭송이 이어졌다.

"어찌 그리 긴 세월을 혼자 사셨습니까?"

그리고 뜬금없이 포옹하듯 아름답게 정돈된 언어가 울려 퍼졌다.

"아시리라 믿습니다. 다 덮어주시고 우리의 아이들, 결혼을 시킵시다. 사돈!"

상대에게서 품어져오는 선한 따스함이 전이되었을까. 두 손으로 상대의 손을 잡고 너무나 상냥한 군주, 건장한 체구에 발그레 얼굴까지 상기되어있다. 그 꼿꼿하고 지엄했던 결단을 티끌 없이 지워버리는 순간이었다.

한없이 울면서도 얼굴에는 웃음 띠는 사람, 어른인 체 하지만 때로는 소년이 되기도 하는 사람. 그러나 그들의 가슴은 늘 가을과 겨울을 오고가는, 뒷동산의 바위 같고 동네 초입에서 항상 웃어주는 느티나무 같은 아버지. 우리는 자연의 법칙처럼 늘 그 안에 있다.

돌담 너머의 아버지를 만나다

# 원앙침과 아버지

신랑 측 부모의 반대로 연을 끊지 않는 한 이루어질 것 같지 않던 결혼이었는데 두 아버지의 갑작스런 만남이 상견례를 대신하며 허락되었다.

아버지는 최고로 행복하신 표정이기도 하고, 가장 근심에 차 있기도 하고, 가장 쓸쓸한 뒷모습을 보이시기도 했다. 약혼식을 올렸고 결혼 날짜가 정해졌으니 이제 혼례절차만 남았다.

우리는 덩실덩실 춤을 추는 형상이 되었다. 홀아비의 딸, 평생 동정을 받으며 끌끌 차는 혀 위에 있었던 그 딸이 시집을 가게 됐다며 아버지는 거나하게 술에 취하셨다. 그리고 청아한 목소리로 익숙한 '새타령'을 부르신다.

명랑한 새 울음 운다-
저 꾀꼬리가 울음 운다-
어디로 가나 이쁜 새, 어디로 가나 귀여운 새
웬갖 소리를 모른다 하여,
울어- 울어 울어 울음 운다.

늘 어머니가 그립겠지만 이 노래를 부르실 때는 그 그리움이 더 사무칠 때다. 외로운 표정이 구겨진 한지처럼 보일까 봐 그 구심을 지우곤 했던 노래. 어머니에게 "왜 이 찬란한 기쁨을 조촐히 나 혼자서 만끽하란 말이요?" 오늘은 투정을 하시는지 눈시울만 촉촉하다. 아버지는 결혼은 단지 사랑하기 때문에 하는 게 아니고 더 사랑하기 위해서 하는 것이라고, 나를 선택해준 그를 존중하고, 감사하고, 절대적으로 믿고 의지해야 한다고 다듬이질을 하시듯 하고 또 한다.

여유 있고 차분하며 계획성 있게 결혼을 준비해야 하는데 이모두가 사실 어머니의 몫이다. 에미가 없으니 어쩌면 좋은가. 아버지는 그 투정을 하시고 있는 것 같다. 가전, 가구, 침구, 생활용품 등 혼수 일체를 사야 하고, 시부모 의상, 가족 의상, 친척 예단 등 예단물품을 사야 하고, 신랑 시계, 반지 등 신랑 예물이 필요하고, 폐백 비용 등도 있어야 한다. 그럼에도 내게 결혼이란 깜깜한 동굴 안에서 저 멀리 출구가 보이고 빛나는 광채를 향해 가는 듯한 새로운 세계였다.

이것들은 어머니의 몫이지만 또 어머니가 아니어도 할 수 있는 일들이다. 무사히 준비가 끝났다.


드디어 하객들의 두런거림 속에서 아버지의 손을 잡았고 웨딩마치가 울리기 시작했다. 아버지의 손이 바르르 떨리고 내손을 잡더니 한번 꼭 쥐어준다. 웨딩마치에 맞춰 한발을 떼었으니 어쨌든 끝날 것이다. 아버지의 손을 잡고 그 짧고도 편편한 길을 굽이굽이 길고도 생경하게 얼어붙은 쿵쿵거리는 길을 걸어간다. 눈밭에서 어머니를 보내고 조막만 한 나의 손을 놓지 않았던 아버지, 그 시시때때로 내게 걸맞게 준수하게 함께 하셨던 익숙한 아버지의 손을 놓기가 싫어 한동안 둘의 마지막 세계를 떠나기가 머뭇거려졌다. 그리고 영원한 다른 손, 간절한 눈빛을 담아 사위에게 건네졌다. 항상 아버지가 없어질까 봐 무서웠었는데 이제 홀연히 뒤돌아 내 길을 간다.

결혼이라는 것은 자신의 삶을 서로에게 주고받음으로써 완성되는 영원한 동반자가 되는 것입니다. 쉼 없는 관심과 사랑으로 서로를 아껴야만 하는 믿음의 약속인 것입니다. 출산을 하여 자손이 번성해야하고 죄를 회개하고 간음을 하지 말 것이며 서로 돕고 편안하게 해주면서 슬플 때나 기쁠 때나 함께 해야 합니다. …이제 한 쌍의 연인이 부부가 되었습니다.

주례사를 들으며 결혼식이 끝이 났다.

성대한 우리의 결혼식이 끝나고 신혼여행을 다녀와 시댁에 갔다. 애지중지 귀하게 여기던 막내아들과 그의 짝이 된 며느리에 대한 환대는 지극했다. 어렵기만 하던 시부모님께서 본인들의 침실인 안방에 원앙침을 차려놓고 새신랑이 된 아들과 새 며느리에게 들어가라 하신다. 좋은 꿈꾸라는 말도 잊지 않으셨다. 그리고 두 분께서는 조촐한 작은방으로 나란히 건너가셨다. 나는 가시는 그 뒷모습에 송구스런 인사를 드리며 온통 다 내어주시는 듯한 뜨거운 사랑에 감동했다. 그러나 그 너머 너무도 다정한 두 분의 뒷모습에서 이 밤 덩그러니 혼자 계실 아버지, 나의 아버지가 보였다. 나의 아버지는 혼자였구나. 금시 초문인 것처럼 아버지가 밀려와 그립고, 안타깝고, 세상이 멈춰버린 듯 어떤 말도 행동도 할 수가 없었다. 눈물이 쏟아져 내리고 다른 무엇도 떠오르지 않았다. 다른 무엇을 할 수 있단 말인가. 아버지가 안 됐고 그리워도 이제 마음 놓고 갈 수도, 가서도 안 되는 이 어려운 원앙침에서 숨이 막힐 듯한 소리만 방문을 차고 아버지에게 갔다.

반쪽이었던 딸의 예식을 마치고, 허허 웃으며 집으로 돌아간 아버지는 그날, 쓴 소주에 취해 또 새타령을 부르셨을까.

나는 그렇게 아버지로부터 떨어져 나갔다.

결혼은 이처럼 공기조차도 낯선 곳에서도 사랑하는 사람 때문에, 그리고 지엄한 원앙침 때문에, 그리운 아버지에게 갈 수가 없게 만들기도 했다.

돌담 너머의 아버지를 만나다

# 새 벽 안 개 처 럼  내 리 다

홀로 외로울 아버지는 우리의 결혼식 후 좋아하던 큰아들 집
에서 편안하게 지내시는 것 같다. 봄이면 흐드러지게 피는 목련
에 취해보기도 하고 조물조물 커가는 여러 손주들을 돌보기도
하며 어려울 며느리와의 관계에서도 사는 모습이 행복해보
였다.

우리도 이사한 집에서 아이도 건강하게 자랐고 공직생활에 소신을 가지며 최선을 다하는 남편, 가장을 따라 나 또한 최선을 다하며 행복했다. 갑자기 살게 된 서울이라는 곳에서 이 도시가 얼마나 큰지 작은지 모른 채 작은 나의 집 이 바운더리 안에서 이것이 세상의 전부인 것처럼 풍요롭다. 그 충만한 집에 문제가 생기기 시작했다. 우리 집은 오래된 단독주택이었는데 집 천장에는 빈공간이 있고 그곳에 쥐들이 사는 것 같았다. 자주 그곳에서 저희들끼리 싸우는지 운동을 하는지 뛰어다니는 소리가 전쟁을 치르는 듯 소란스러웠다. 무섭고 꺼림칙했다. 더구나 고물고물 커가는 아이에게 해가 될 것 같아 두려움이 더해갔다. 쥐가 뛰어다니며 덜덜거리는 소리에 잠을 설치기도 했고 금방이라도 쥐가 뛰쳐나올 것 같은 공포로 변해갔다. 긴 빗자루 끝으로 천장을 쿵쿵 두드리면 잠시 조용해졌지만 금방 다시 우당탕 전쟁터였다. 쥐들의 작전본부가 됐는지 아예 한 세입자가 된 듯 지붕 전체가 쥐들의 공동구역이 된 것 같았다. 그것도 살다 보니 익숙해져 우리 일상사의 한 부분인 양 참으며 살아가게 됐지만 아버지한테는 엄살떨며 어리광을 부리곤 했다.

멀리서 울상 짓는 그 사연을 듣다못해 그 전쟁을 종식시키기 위해 드디어 아버지가 올라오셨다. 아예 오시면서 준비를 하고 오신 듯 쥐를 소탕하기 위에 쥐약을 놓는 수밖에 없다며 쥐약을 사 오셨다. 나는 쥐약을 먹고 쥐가 죽으면 천장에서 썩는 게 아닌가 싶어 그것이 더 끔찍했다. 차라리 쥐가 뛰어다니는 소리가 더 나을 것 같았다. 아버지는 쥐가 쥐약을 먹으면 목이 타고, 목이 말라 밖으로 뛰쳐나올 수밖에 없다고 걱정하지 말라 하셨다. 그리고 부지런히 빵 가게에 가서 식빵 한 줄을 사오시더니 거기에 쥐약을 뿌리고 쥐가 다니는 부엌과 천장 군데군데에 조심조심 놓았다. 그리고 아버지와 나는 소탕작전의 성공을 꿈꾸며 점심을 먹고 도란도란 얘기꽃을 피웠다.

점심 후 아기를 재우고 한가로이 마당을 보고 있었다. 항상 마당 한쪽 그 자리에서 노닐며 기다렸다는 듯 선한 눈빛으로 눈을 마주치던 우리 강아지가 심상찮아 보였다. 강아지는 갑자기 좁은 마당을 뛰더니 휘젓고 다니기 시작하며 괴성을 질러댔다. 아버지 얼굴도 사색이 되어갔다. 쥐약 놓은 빵을 개가 먹은 것 같다며 절망하신다. 강아지는 쉼 없이 마루 밑에 들어갔다 들이받고 담벼락을 넘다 떨어져 상처를 입었다. 치이고 상처가 나고, 뛰고 또 뛰며 타들어 가는 고통을 감내하지 못하는 것 같았다. 얼마나 고통스럽기에 저렇게 날뛰며 울부짖을까. 잠시도 머물지 않고 뛰어다니더니 잠시 후 힘없이 쓰러져버렸다. 그리고 숨이 멎었고 움직이지 않았다.

충성스럽고 따뜻한 감촉, 아이와 같은 순진한 애교, 잠든 모습조차도, 반기는 모습도, 모두가 너무나 사랑스러웠던 강아지였다. 시어머님께서 적적한 집도 지키고 동무도 하라며 어린 강아지를 우리에게 보냈다. 나는 그런 강아지의 사랑스러움에 빠져 한 가족처럼 지내며 정성 들여 먹이고 키웠다. 그런 강아지가 적군 같은 쥐의 소탕작전에 쓰인 빵을 의심 없이 먹고 고통속에 간 것이다. 딸이 고생스러워하니 한달음에 달려와 해결하고 싶었던 아버지였다.

고통을 감내하며 가고 있는 강아지의 절규를 보며 나 또한 속이 타들어 가는 듯 통곡했다. 그때 아버지의 마음은 더했을 것이다. 쥐약을 놓은 부엌의 문을 빈틈없이 닫고 단속을 잘해야 하는 게 내 몫이었는데 그 부주의가 일을 내고 말았는데 모두 아버지의 책임으로 뭉뚱그러지고 말았다. 그 처절한 광경이 나보다 더 아버지 눈에 안타까웠을 텐데 나는 아버지는 안 보였고 강아지만 보였다.

어머님이 주신 강아지가 이러저러한 이유로 갔노라 울며불며 남편에게 고자질하듯 전화하는 딸의 모습을 뒤에서 다 보고 듣던 아버지, 잠시 후 보이지가 않았다. 정신을 차리고 보니 싸늘히 식어가던 누렁이가 대문을 빠져나가기도 전 이미 아버지는 가신 것이었다. 오실 때 들었던 조촐히 작은 가방도, 아버지도 없었다. 강아지를 죽게 한 그 죄책감과 딸의 상심에 밀려 아버지는 소리 없이 가서야만 한 것 같다.

발길을 돌린 아버지는 잘 가셨으려니, 나는 강아지를 잃은 시름만 깊었다. 그저 좋아했던 강아지만 내 안에 가득했다. 내가 아버지 앞에서 무슨 짓을 한 것인가. 한 생명의 죽음 앞에서 당당했던 가슴이 탄력을 잃고 작아진 어깨를 들썩이며 가셨을까. 눈물 반 시름 반으로 달을 보며 해를 보며 걸었을까.

나도 잠시 일상을 놓고 집을 나와 사람들로 가득했던 대로에 섰다. 아버지는 어느 방향으로 가신 것일까. 텅 빈 도로 위에 나 혼자 서 있다. 비처럼 흐르는 눈물, 시야를 흐려서, 그래서 아버지가 보이지 않는 것일까. 아버지 가신 그 길을 막지 못했다. 딸을, 자식을 위해 어떤 일이라도 자청하셨던 아버지에게 나는 따뜻한 위로 한번, 아버지 잘못이 아니었다는 표정 한번 짓지 못했는데 그때 가시고 끝이 되었다.

아버지의 아린 마음을 나는 번번이 헤아리지 못하고 만다. 아버지의 이런 외로운 고통을 헤아리지 못한 게 어디 이뿐이랴. 어디 그것만 그랬을까. 줄곧 익숙한 것에 소홀하고, 잊고 지나친다. 두고두고 내 안에 잠자고 있는 후회, 그때 풀어 드리지 못한 아버지의 회한들이 새벽안개처럼 내린다.

# 아버지와 외손녀

부모님의 바람과 결혼식 주례사의 내용대로 우리는 출산하여 자손이 번성해야 한다는 것을 지켰다. 첫 딸을 낳았고 서툰 육아와 신접살림을 하고 있는 우리 집에 아버지가 처음으로 오셨다. 오래된 한옥에 작은 마당이 있는 우리 집, 시어머님께서 주신 강아지가 꼬리를 흔들며 제일 먼저 아버지를 반겼다. 그리고 백일을 막 지나 나무로 된 마루 위에서 보행기를 싱싱 밀고 다니며 할아버지를 향해 웃어주는 외손녀가 있다. 나는 어린 초보 엄마로 어린 딸아이가 울며 보채는 것도, 아이 양육의 험난하게 잡다한 일들도 아직 호랑이처럼 무섭다.

백일 된 딸아이의 옹알이를 가만히 들어본다.

우리 아빠가 을지병원이라는 곳에서 태어난 나를 포대기에 곱게 싸 처음 데리고 간 집은 아주 조그마한 방 하나에 부엌 하나 있는 집, 좁은 골목이 구비구비 실개천처럼 연결된 동네, 상봉동이었다. 나를 안은 아빠가 어떤 집 부엌문을 열고 들어가신다. 큰 대문이 아닌 부엌문을 통해 안방으로 들어가시는 것이다. 태어난 지 이제 3일, 세상을 처음 봤다. 이것이 이 세상 모든 현관문의 형태인 것만 같다. 학생 같은 우리 아빠, 부엌 바닥에서 빨래판을 기울여 놓고 가끔씩 내 기저귀를 손으로 벅벅 비벼서 빤다. 너무 날씬한 우리 아빠인데도 한 몸 움직이기 어렵다며 웃는다. 좁은 집에서 엄마, 아빠는 소꿉장난을 하듯 신나서 항상 웃는다.

어느 날 가만히 누워 듣고 있으려니 친할아버지가 오신 것 같다. 할아버지는 친손주가 태어났다고 기뻐하시며 "하나 달고 나왔으면 좋았을 걸." 하고 웃었다. 무슨 말인지 몰라 눈만 깜박인다. 할아버지는 집이 좁다, 좁다 하시며 겨우 하루 묵고 가섰는데 얼마 후 이사를 한다고 엄마, 아빠가 들떠 있다. 그리고 큰 도로 옆에 약국이 있고 그 다음 집, 열일곱 평 작은 한옥, 제 기동으로 이사를 했다. 전에 살던 집에 비하면 대궐 같다며 엄마, 아빠가 좋아하신다.

대문을 지나니 조그만 마당이 있고, 마당 중앙에 수돗가와 세수대야도 있다. 이단 툇마루를 올라 마루, 그리고 방이 3개, 내 눈엔 아주 큰집이다. 나는 또 아빠 팔에 편안히 누워서 안방에 제일 먼저 눕혀졌다. 그때 나는 엄마, 아빠 무사히 이사 잘하시라고 말썽 안 피우고 울지도 않았다. 엄마, 아빠는 아실 것이다.

이사하고 조금 있으니 친할아버지와 큰아버지가 멀리 전주에서부터 오셨다. 내 백일잔치에 참석하기 위해 큰집 대표 두 분께서 오셨다고 한다. 내가 주인공인데 자기들끼리 마장동에 가서 소고기를 사온다, 떡집에서 떡을 맞춘다, 난리가 났다. 그러더니 시끌벅적하게 아빠 친구들이랑 친척들이랑 아주 많이 오셨다.

"기완이 딸, 계순이 딸 참 이쁘게 생겼네~"

그렇게 칭찬들을 하신다.

'시골 촌에서들 오신 것 같은데 이쁜 기준은 다 같은가 보다.'

나는 혼자 웃었다.

거울을 안 보여주니 내가 이쁜지 어떤지는 사실 잘 모른다.

난리법석이 끝나고 엄마는 피곤한지 나를 껴안고 틈만 나면 자장자장 자장가를 부르며 같이 잔다.

'그래~ 내가 그럴 줄 알았어. 손님이 너무 많더라니.'

속으로 생각만 한다. 그러면서 함께 놀아달라고 보채지 않고 자는 척 많이도 잤다. 나는 우리 엄마의 살림밑천 큰딸이니까. 옆집 할머니가 그러신다. 애기 엄마들은 애 낳고 백일이 되면 잠이 맥없이 쏟아진다고.

며칠이 지나갔다. 또 딩동, 딩동, 초인종이 울리더니 구부정한 모습의 할아버지가 오시는 것 같은데 우리 엄마가 정말 좋아서 어쩔 줄을 모른다.

"아버지~ 우리 집 진짜 좋지?"

"응, 참 좋다. 최 서방 욕봤다."

"우리 애기 봐 봐, 아버지. 꽃보다 더 예쁘지?"

할아버지는 아직 신발도 안 벗었는데 엄마는 숨넘어가게 묻는다. 방에 들어온 할아버지는 소란함에 깬 나를 조용히 들여다보셨다.

"아이구, 참 이쁘게도 생겼다. 고생했다."

내가 할아버지를 보고 웃었나 보다.

"허허, 이것이 사람이 보이나 보네. 날 보고 웃네."

할아버지는 나를 안아보려고 일으키시다 우리 엄마한테 혼났다.

"아버지~ 손도 안 씻고 애를 만지면 어떻게 해요?"

할아버지는 계면쩍어하시며 마당으로 다시 내려가 손을 씻고 다시 안아 보신다.

"아이고, 이것이 누구 새끼인가. 순하고 잘도 웃네~ 할애비가 보여? 까꿍, 까꿍~"

그리고 두 손에 나를 올리더니 그네처럼 치받고 흔들어 얼러주신다. 우리 엄마, 할아버지를 혼낼 땐 언제고 그윽한 미소만 짓더니 시장에 다녀온다며 나간다. 처음 보는 할아버지한테 맡겨져서 불안하기는 하지만 엄마가 좋아하는 사람 같아서 안심이다. 할아버지께서 나를 보더니 "누워만 있으니 갑갑하제? 일어나서 보행기 타 봐라." 하시며 보행기에 앉혀주신다.

그런데 큰일 났다. 기저귀를 했지만 응가가 마렵다. 엄마 있을 때부터 신호가 왔는데 엄마는 나에게 예고도 하지 않고 시장으로 가 버렸다. 기저귀를 했으니 조심조심 누워만 있으면 그나마 괜찮을 텐데 보행기를 타고 있으니 절망이다. 이 비상사태에도 할아버지는 계속해서 나를 어르고 밀어주고 가만히 안 계신다. 엄마는 한참 후 시장을 잔뜩 봐서 오더니 짐도 풀지 않고 또 할아버지랑 무슨 그렇게 할 말이 많은지 내 상태는 확인하지도 않은 채 얘기만 하고 있다. 나는 하는 수 없이 큰 소리로

울었다.

"아버지, 애기 기저귀 어땠어요?"

"응, 애기가 울지도 않고 잘 놀았다."

그때야 엄마가 나를 안아 뒤집어 본다. 보행기에서 나를 안아서 내리는 순간 기절초풍할 기세다. 내가 생각해도 걱정스럽다. 엄마는 소리치며 난리 난리다.

응가가 밖으로 다 새어나와 보행기까지 더러워져 내 체면이 말이 아니다.

"나도 챙피허다요. 엄마, 조용히 쫌 하시면 안 될까요?"

나는 이렇게 외치고 싶다.

그때 구세주 우리 외할아버지.

"야는~ 애기 애미가 그것도 못하고 드럽다고만 하면 어찌야 쓰까? 저리 비켜. 내가 할 것이어."

할아버지는 그 난장판이 되어 있는 보행기를 장갑도 안 끼시고 그 주름주름 잡혀있는 보행기 의자를 구석구석 아주아주 깨끗하게 뽀득뽀득 씻어서 툇마루 햇볕에 기울어놓으신다.

엄마도 나도 꽃처럼 화사해졌다. 외할아버지는 엄마의 얼굴을 복사꽃처럼 피어오르게 하는 해결사인가 보다. 고맙다고 말도 못하는 엄마가, 좋아하는 할아버지와 그동안 못했던 그리운 말들을 많이많이 하시라고 나는 쌔근쌔근 잠들었다.

돌담 너머의 아버지를 만나다

# 아버지의 마지막

    나고 또 지고, 이 해가 가는 마지막 달 12월. 오늘은 아버지의 사위인 남편이 태어난 날이다. 친구들을 초대하여 생일을 축하하고 떠들썩한 저녁식사와 샴페인을 터트렸다. 늦은 저녁까지 젊음을 노래하며 가볍고 화려한 담론들로 시간 가는 줄 모르고 늦은 저녁까지 행복하게 놀았다. 모두 돌아가고 잠시 정적 속에 백일이 지난 아들과 큰딸을 돌보고 있었다. 우리는 즐거움의 취기와 뿌듯한 피로 속에 있었다.

늦은 저녁, 불길한 전화벨이 요란하게 울리고 아버지가 위독하시어 병원으로 가시던 중 숨을 거두셨다는 다급한 오빠의 전화를 받았다. 선언하듯 울려 퍼지는 영원한 이별의 소리 앞에 내 심장은 멈춘 듯 조용하고 내 손아귀에서 아이들이 미끄러져 내려갔다. 머리부터 발끝까지 얼어붙어갔고 여전히 나를 위로하는 아버지의 독백이 들리는 듯했다.

[깊은 겨울 초저녁, 칠흑 같은 어두움 아래 목련의 앙상한 가지들, 저것이 목련인지, 라일락인지 매일 하루도 빠짐없이 대화를 나눴던 그것인데 희미해 보이지가 않는다. 갑자기 눈에 습기가 오르고 점점이 내려오더니 배가 아프다. 끊어질 듯 아파서 말을 잃었다. 온 세상은 불이 꺼졌고 칠흑 같이 어두운 이 밤, 배를 움켜쥐고 아들을 부르나 소리가 없다. 걸음마를 배우는 아이처럼 큰아들에게 건너가 무릎에 쓰러지고 말았다. 이제 때가 다 되었나 보다. 정신이 좀 들어 맑은 눈으로 보니, 질서를 지키기 위해 다소 냉정했던 우리의 기둥 둘째아들이 운전대를 잡았고 여전히 아픈 손가락, 큰아들 무릎에 누워 차에 타고 있다. 하얗게 사색이 되어있는 아들들과는 다르게 나는 천국

인 듯 누워 따라가고 있다. 듬직한 두 아들과 가고 있으니 천국이다. 한밤중에 응급실을 향해 가고 있는 듯하다. 궁궐 아닌 궁궐, 작은아들의 차 안에서 사랑했던 작은아들이 이끄는 대로 가고 있고 고맙고 고마운 끝없이 애잔한 나의 큰아들 무릎에서 호사를 누리고 있다. 서서히 깊이, 더 깊이 잠이 쏟아진다. 아들이 누군가들에게 전화를 했다. 그리고 마지막으로 전화 건너편 내가 가장 보고 싶은 그리운 우리 딸의 음성이 들린다. 하얀 구름 위의 세상이 열리는 듯, 이쁜 우리 딸의 음성이 아름다운 음악이 된 듯 행복이 여기로 모여든다. 어느 만큼 갔을까. 전화를 하다 두 아들이 나를 부르고 또 부르는 소리를 들으며 편히 나는 내 갈 길로 들어섰다. 얼마나 돌고 또 돌아야 끝이 날까 그랬었는데 어느새 여기에 왔다. 이제 걸리는 것 없으니 나는 조용히 눈을 감는다.]


추수를 모두 거두어간 황량한 평야, 아버지에게 남은 것이라고는 없는 세월이었지만 아버지는 부족하지 않은 듯 즐거운 듯 사신 것 같다. 가리지 않고 아들에게, 딸에게 그리고 손주들에게 보탬이 될 수 있는 것은 모두 하셨다. 누구나 할 수 없기도 한 지극히 평범한 일상이라고 하고 싶고 더는 미련이 없었을 것이라고 위로하며 아버지는 그렇게 가셨을 것이라고 희망한다. 그래야 편할 것 같다. 우리는 아버지가 그나마 큰 병 없이 72살까지 건강하게 사시다가 가실 수 있음이 큰 은총이라고 가벼이 읊조렸다. 그동안의 잘못을 용서받기를 바라며 아버지께 해야 할 고해에서 조금이나마 무심하고 싶었던 건지도 모르겠다.

아버지가 가시고, 슬플 때나 기쁠 때나 매순간 아버지의 부재에 나 또한 허둥대며 늘 눈물 쏟는 황량한 들판이었다. 그러나 아버지와 함께 살아가고 있었음을, 예상치 못한 이 글을 쓰며 이 속에서 깨달았다. 오늘도 소나기 내리는 빗속에서 아버지가 받쳐주신 우산을 그대로 쓰고 아버지를 만나는 글을 쓰려고 가고 있다. 아버지의 글을 쓸 때 행복하고 희망이 있으며 누런 벼이삭 속 넉넉한 평야에 서 있는 것처럼 포만하다. 갓 태어난 듯 내 가슴 속 아버지를 불러본다.

아버지, 아버지가 우리 아버지여서,
제가 아버지의 딸이어서 행복합니다.
아버지의 지금 그 세상은 어떠신가요?

# 3장

그리움만 남아

# 유강리 가는 길

항상 고맙고, 오빠를 보면 아버지가 생각나는 유강리 큰 오빠 집에 간다. 그곳에서 아버지는 노후를 편안히 보냈고 그 오빠 무릎에서 생을 마감하신 아버지 기일이다.

요즈음 눈코 뜰 새 없이 바쁜 회사 일로 매일같이 새벽을 가르며 초췌하게 퇴근하는 아들. 혼기가 지났는데도 결혼할 생각을 안 한다며 못마땅해하고, 노심초사하던 그 아들. 그러나 지금 엄마인 나는 그저 누운 채 얼마나 힘들까 하는 마음뿐으로 현관문 번호 키 누르는 소리가 스산하다. 편히 잠자고 있는 나, 신문기사에서 본 한 청년의 포기한 삶을 떠올리며 소름이 돋는다. 전도유망한 법조계의 한 청년이 이 힘든 조직생활을 이기지 못하고 생을 접어버렸다는 기사다. 내가 그의 부모가 된 것처럼 절망스러웠었고 내 아들이 아니어서 다행이었다. 그리고 아버지 기일을 맞아 내가 오늘 가고 있는 곳, 그곳에 있을 아버지처럼 살갑고 따뜻한 오빠, 한때 젊은 청년이었던 큰오빠가 떠오른다.

집안의 장손 우리 오빠, 어려서부터 동네 어른들께 인사도 잘하고 총명하다며 칭찬이 자자했다. 아버지는 그런 첫아들이 걸음마를 배우면서부터 자전거에, 수레에 태우고 다니며 자랑스러웠고 즐거우셨다. 인물 또한 훤칠하게 잘생겼고 성격도 사근사근하여 밑으로 일곱 동생들에게는 듬직하고 좋은 형이며 오빠였다. 골목 어귀 꽃들조차 환하게 반기는 듯한 아들을 보며 어머니는, 아버지는 기쁨이었고 희망이었다.

그런 오빠가 이웃 마을 처녀와 사랑에 빠졌다. 우리의 선산과 그 여인의 선산이 이웃처럼 정답게 붙어있음이 배경이었다. 늦가을이면 겨울을 대비할 땔감인 솔가루를 긁어모으기 위해 오빠를 비롯한 우리들은 그곳을 오갔다. 솔가루를 모아 동이를 만들고 한겨울을 나기 위해 집으로 실어 나른다. 같은 시간, 옆 산에서 솔가루를 긁어모으는 여인은 크고 영롱한 눈과 사각거리는 눈처럼 상냥하고 하얀 얼굴을 가졌다. 영화 속의 배우처럼 예쁘고 멋진 몸짓으로 솔가루를 모으고 있는 그 여인에게 반해버린 것 같다. 남녀, 처녀총각이 사랑을 하면 결혼을 한다. 그러나 오빠가 좋아하는 그녀는 우리가 받아들일 수 없는 가문의 여식이었다. 오빠는 우리 집안의 장손이기에 결혼하려면 부모는 물론 조부모와 집안 어른들까지 허락을 받아야 한다. 당연히 반대에 부딪혔고 할머니는 식음까지 거부하시기에 이르렀다. 그래도 굽히지 않는 오빠를 보며 집안 어른들의 중재로 결혼하고 셋방에 신접살림을 차렸다. 결혼하고 서로 너무나 좋은 시간들이 흐를 때 오빠에게 입대 통지가 왔다. 밉보인 채 반대하는 집안에 시집 온 오빠의 색시, 그러잖아도 집안의 미운 오리 새끼였는데 그런 색시만 집에 두고 갈 수 없다며 오빠는 안 가겠다 버텼다. 가족이 모두 지켜줄 것이니 걱정하지 말고 다녀오라는 간곡한 부모님의 권유를 받아들여 입대를 했다. 신병 훈련이 끝나고 자대 배치를 받았으며 휴가를 왔다. 휴가가 끝나가는 데 돌아갈 생각을 안한다. 색시를 두고 갈 수 없다고 다시 버텼다.

어머니, 아버지는 청천벽력 같은, 철없는 아들을 달래고 또 달래 부대로 돌려보냈다. 쓰디쓴 얼굴을 하고 가기는 간 아들, 연락조차 할 수 없는 아들이 제발 목숨 부지하고 살아있기만을 어머니는 매일 밤 기도하며 초조하다. 그렇게 잠시 무난한 세월이 지났다.

여명이 비치는 새벽하늘, 그 여명이 채 완성도 되기 전, 평화로운 집 대문을 밀고 오빠가 비정상적인 발걸음으로 왔다. 그 단절된 부자유의 시간들을 참지 못하고 소속해있던 병영에서 빠져나와 버린 것이다. 오빠의 국방부 시계는 멈췄고 탈영병이 되었다. 칠흑 같이 어두워진 밤을 기다려 철조망을 뚫고 오로지 집에 오겠다는 일념 하나로 뛰고 또 뛰었단다. 검문소를 피해 개울을 건너고, 달리는 기차를 교묘히 지나고, 철길을 따라 뛰었노라고 이 세상에는 그 길밖에 없는 듯 얘기한다. 지나는 길목 어느 초가집 마당에 널려 있는 내복과 헐렁한 바지와 늘어진 무명 저고리. 그것들로 가장한 흙투성이의 행색을 보인다. 그때 오빠에게는 그것이 사랑이었고 용기였다. 반대를 무릅쓰고 따라와 준 사랑하는 그 사람이 적의 진지에 혼자 두고 온 소년병처럼 눈에 밟혔다고 한다.

탈영을 하면 군사재판에서 판결하여 처벌을 받는다. 최소 10년 이상 징역이고 사형이나 무기징역이 될 수도 있다. 40세까지 민간인 소속이 아닌 군인 신분이기에 계속 어려운 상황, 잡혀가 혹

독한 감방생활을 피하려면 도망자 신세의 인생을 살아야 한다는 것을 몰랐을까. 아버지는 '엎어진 앞으로의 네 인생을 어쩌려고 그러느냐'며 눈에서 불꽃이 튀고 아들과 투쟁의 하루하루가 갔다. 오빠는 다시 돌아가 벌을 받고 군 복무를 끝내라는 아버지의 뜻을 따르지 않았다. 끝내 용기를 내지 않은 것이다.

멀리서 실눈 뜨고 끌끌 혀만 차기에는 남의 자식이 아니고 내 자식이라서 사랑도 스멀스멀 다시 차오르시는 듯. 아버지도 이제 사리분별을 따지지 않기로 하신 것 같다. 그동안 누구보다 믿고 신뢰했던 아들이 아니었던가. 어머니는 여전히 된장국을 데우고 힘주어 쌀을 씻고 아궁이에 불을 지핀다. 우두둑 보리 짚단 타는 소리만 요란하다. 어머니, 아버지의 아픈 손가락, 깊은 고뇌 하나가 시작되었다. 그 이후 오빠는 아버지를 도우며 농사일에 전념했으나 매해 수확한 쌀 백 가마가 무서워진 오빠의 신변을 위해 어딘가로 보내졌다.


그 옛날, 우리 아버지는 왜 그랬을까. 아들의 멱살을 잡고라도 함께 부대로 돌아가야 하지 않았을까. 늘 궁금했었다. 그런데 나의 아들이 크고 자신들의 생각이 어른이 된 후 부모는 그것이 가능하지 않음을 알겠다. 죽지 않고는, 탈영하지 않고는 안됐던 그들의 그때에 처해 보지 못한 채 또 무슨 단언을 할 수 있을까.

오늘 아버지의 기일, 솜씨 좋은 오빠가 꾸민 작은 가옥에서 부부가 오빠의 고집대로 성대하게 차려진 제상이 있다. 또 동생들이 좋아해 손수 마련한다는, 며칠 전부터 계획하고 마련했다는 청둥오리 요리가 있다. 우리는 그 귀한 것을 먹기도 아까워 그일, 저일, 자식들 이야기로 향의 꽃을 피우며 그저 행복해서 웃는다.

　　아버지가 오서서 말씀하시는 듯하다.

　　"우격다짐으로 되는 일이 있고 안 되는 일이 있단다. 성인이 다 된 자식, 내 맘대로 되는 게 아니고 눈앞의 것이 다는 아니니 너무 속들 끓이지 말아라. 그래도 살아있으니 웃음도 있다."

# 옥수수와 어머니

잊히지 않는 세계, 여행을 다니노라면 모락모락 김이 서리는 옥수수가 있다. 그것은 까다롭게 보살피지 않아도 이른 봄 빈 땅에 심어놓기만 하면 쑥쑥 자란다. 환경이 어떠하던 간에 외물에 흔들리지 않는다. 날렵하고 길게 뻗은 줄기에 업히듯 열린 모습은 보기만 해도 다정스런 외모이다. 묵묵하게 정해진 시간, 석 달쯤 지나면 꽉 찬 열매가 된다. 길고 긴 여름날, 평등하게 아이들의 간식이 되어주고 악기를 대신해주고 노리개가 되어준다.

어머니는 이 대하기 편한 옥수수를 보며 늘 화사하게 웃으셨다. 그만그만하게 커가는 여덟이나 되는 형제들과 할머니, 할아버지, 열네 식구가 오글오글 옥수수 열매처럼 쫀득하게 한집에서 살았다. 늘 빠듯한 살림살이에 어머니의 심각한 표정은 천둥벌거숭이 같은 이 아이들에게 무엇을 먹일 것인가, 그 생각뿐인 것 같았다. 그때는 먹고 돌아서면 배가 고프다고 껄떡였으니 오죽하면 우리 할아버지가 배 꺼진다며 뛰는 걸 말렸을까. 학교가 긴 여름방학을 하고 아이들 모두가 집에 있게 되면 더욱 그랬다.


옥수수는 기특하게도 여름방학에 맞춰 샛노랗게 익어간다. 어머니는 간만에 즐거운 낯꽃이 되어 막내인 나를 부르고, 광주리를 챙기고, 옥수수 밭에 간다. 나도 그 광주리가 넘치게 수북한 옥수수를 상상하며 따라간다. 보기에도 풍요로운 많은 옥수수를 삶을 것이다. 온 가족이 뜨거워 호호 불며 순식간에 먹는 그 모습을 그리며 신발도 다 못 신고 뒤쫓아 간다.

날렵한 연둣빛 치마폭 속 샛노란 옥수수의 풍경들을 알기에 열 살 남짓이던 나는 어머니와 단둘이 이 오붓한 시간이 흥분이며 기쁨이었다. 어머니는 그저 한번 씩 나를 봐주고 웃을 뿐 옥수수를 따는 데 열중하신다. 나도 그저 웃으며 그것을 받아 광주리가 다 차기를, 먹을 수 있기를 고대하며 광주리 한번, 엄마 한번 고개만 바빴다. 그 순간은 막내인 나만의 어머니였다.

태양보다 뜨거웠던 어머니가 가시고 바람과 나무의 노래를 들으며 나는 성인이 되었다. 그 스산한 공간에서 넘치는 광주리와 옥수수도 함께 잊었다. 어렸을 적 어머니와 함께한 따뜻했던 그 옥수수 밭 가는 길, 그 길인 듯 주어진 여행길에서 옥수수를 만난다. 그 옥수수를 보면 습관처럼 손이 가고, 잊지 못하는 맛이 있고, 어린 시절 어머니의 흐뭇했던 얼굴이 있다. 동생이 먹기를, 언니와 오빠가 먹기를, 침을 삼키며 촌음을 길게 버텼던 어린 시절 풍경은 아닌데 동그란 둥지처럼 한 세계가 있다.

반딧불 반짝였던 어린 시절, 온 세상인 듯 넓고 끝없이 벼이삭이 물결치던 평야지대 만경에서 크고 자랐다. 여름밤이면 약속이나 한 듯 온 마을 안마당에는 옹기종기 옥수수처럼 붙어 모깃불을 피웠다. 시원한 평상에 앉아 삶은 옥수수를 먹으며, 밤하늘에 빛나는 하늘의 별을 보며, 꿈을 키우고 정을 쌓았다. 부와 가난을 구분 짓지 않고 누구나 가까이 할 수 있는 옥수

수. 한 가족이 사는 모양새처럼 옹기종기 붙어있는 모습은 고르게, 나란히, 오손도손 꽉 차 있다.

넘침을 보며 부족함 때문에 마음 산란하지 않아도 되는 것, 그것이 곧 평화이다.

시대를 거슬러, 오늘도 그 옛날 어머니가 삶아 줬던 그것과 같을 수는 없지만 대신 입에 물고 악기처럼 불어본다.